莫言 | 主要作品

红高粱家族
天堂蒜薹之歌
十三步
酒国
食草家族
丰乳肥臀
红树林
檀香刑
四十一炮
生死疲劳
蛙

○●○

白狗秋千架（小说集）
爱情故事（小说集）
与大师约会（小说集）
欢乐（小说集）
怀抱鲜花的女人（小说集）
战友重逢（小说集）
师傅越来越幽默（小说集）

○●○

姑奶奶披红绸（剧作集）
我们的荆轲（剧作集）

Winner of
the Nobel Prize
in Literature

长安大道上的骑驴美人

莫言短篇小说精品系列

长安大道上的骑驴美人

浙江文艺出版社
Zhejiang Literature & Art Publishing House

目录

拇指铐

一

临近黎明时，阿义被母亲的呕吐声惊醒。借着窗棂间射进来的月光，他看到母亲用枕头顶着腹部跪在炕沿上，双手撑着席，脑袋探出去，好像一只鹅。从她的嘴巴里，吐出一些绿油油的、散发着腥臭气味的东西。他跳下炕，从水缸里舀来半瓢水，递过去，说：“您喝点水吧。”母亲抬起一只手，似乎想接住水瓢，但那只手在空中抡了一下便落下了。她抽搐着身体，又搜肠刮肚地吐了一阵，然后呻吟着说：“阿义……我的儿……娘这次犯病，怕是熬不过去了……”阿义的眼里悄悄地涌出了泪水。他鼓着气力，雄壮地说：“您不要说丧气话，我不喜欢听您说丧气话。我这就去胡大爷家借钱，借了钱，去镇上搬医生。”母亲抬着头，脸色比月光还白，双眼幽幽，盯着阿义，说：“儿子，咱不借钱，这辈子……不借钱……”她从脑后拔下两根银钗，递给阿义，说：“这是你姥姥传给我的，拿去卖了，抓两副药吧……娘实在是活够了，但我的儿，你才八岁……”她从炕席下摸出一张揉皱的纸片，说：“这是上次用过的药方……”阿义接过药方，看一眼母亲半掩在散发中的明亮的脸，说：“我跑着去，跑着回。”他将水瓢中的凉水一饮而尽，将银钗和药方仔细地揣入怀中，然后投瓢入瓮，抹抹嘴，高声道：“娘，我去了。”

在明晃晃的月光大道上，他看到自己瘦小的身体投射出摇摇晃晃、忽长忽短的浅薄暗影。村子里一片沉寂，月光洒在路边的树木上，发出飒飒的响声。路过胡大爷家的高大院落时，他蹑手蹑脚，连呼吸都屏住，生怕惊动了那两条凶猛的狼犬。但到底还是惊动了那两条狼犬。它们从铁门下的狗洞里钻出来，昂着头咆哮着。在清凉的月色里，它们的眼睛放出绿光，它们的牙齿放出银光。阿义手里抓着一块砖头，胆战心惊地倒退着。那两条狼狗并不积极追他，叫嚣着送了他一段，便退了回去。阿义松了一口气，扔掉了手中的砖头。刚走出村子，他便撒腿奔跑。凌晨的凉风鼓舞着他的单薄衣服，宛若沾满银粉的黑蝶翅羽。

跑到著名的翰林墓地时，他的步子慢了下来。他感到急跳的心脏冲撞着肋骨，像一只关在铁笼中的野兔。他抬头看到，八隆镇榨油厂里那盏高高挑起的水银灯遥遥在望，仿佛一颗不断眨眼的绿色晨星。他跑得汗流浃背，腹中如火。沿着杂草丛生的道路斜坡，他下到马桑河边。连年干旱，河里早失波涛。河滩上布满光滑的卵石，在月下闪烁着青色的光泽。断流的河水坑坑洼洼，犹如一片片水银。他跪在一汪水前，双手撑住身体，脑袋探出去，低下去，像一匹饮水的马驹。喝罢水立起时，他感到肚子沉重，脊背冰凉。

重新上路后，他的肠胃咕噜噜地响着，腥冷的水直冲咽喉，促使他连连打嗝。他用手挤着肚子，吐出一些冷水。吐水时他想到了跪在炕沿上吐血的母亲，心中不由得一阵酸痛。摸摸怀中的银钗和药方，硬硬软软的都在。起步又要跑时，就听到身后传来一阵凄厉的惨叫。他的脊背一阵酥麻，毛发根根竖起。猫头鹰一叫就要死人，老人们都这样说，母亲也曾说过。母亲惨白的脸浮现在他的眼前。她一张口，吐出了黑色、黏稠的血，仿佛是熔化的沥青。猫头鹰又一声叫，似乎在召唤他。他不由自主地回过脸，看到高大的石墓前，那两匹肥胖的石马，那两只臃肿的石羊，那两个方头方脑的石人，还有那张光滑的石供桌。去年为母亲抓药归来时他曾坐在石供桌上休息过。据说墓地里原有几十株参天的古柏，但现在只余一株碗口粗的松树。在黑黢黢的针叶间，有两点儿火星闪烁，那是猫头鹰的眼睛。它发出一声严肃的鸣叫，华羽翻动，无声地滑翔出去，降落在流金溢彩的麦田里。“阿呜——”阿义大声嚎叫着，以此驱赶恐惧。他的脑袋膨胀，耳朵嗡嗡，忘掉了肠胃疼痛，飞跑月下路，向着水银灯，向着已经能望见模糊轮廓的八隆镇。

阿义跑进八隆镇时，红日尚未升起，但瑰丽的霞光已把青石铺成的街道照亮。街上静悄悄的，没有一个行人。街两边的店铺都关着门。被夜露打湿的酒旗死气沉沉地垂挂在酒店门前。光溜溜的劣质模特在服装店的橱窗里忧悒地蹙着眉头。阿义听到自己的赤脚踩着湿漉漉的街石，发出呱呱唧唧的响声。他高抬腿，轻落脚，小心翼翼，生怕惊了人家的梦。

药铺大门紧闭，里边无声无息。阿义蹲在门前石阶上，耐心地等待。他感到很累、很饿，但一想到很快就能抓到药又感到很欣慰。蹲了一会儿，他感到腿酸，便一屁股坐在石阶上。他的眼睛渐渐蒙眬起来。一辆细轮的小马车从街东头跑过来，拉车的是一匹火红色的小马，赶车的是个肥大的女人。蹄声清脆，车声辚辚。小马目光明亮，宛如一个清秀的少年。女人睡眼惺忪，张开大口，打着无遮无拦的哈欠。在药铺门前，马车停住。女人从车上提下两瓶牛奶，走过来，看着阿义，说："闪开，鬼东西，好狗不卧当门。"阿义跳起来，闪到门口一侧，看着女人把奶瓶放在门前石阶上。从她半掩的宽大衣服里，抖搂出一些热烘烘的气息。"别偷喝，小鬼。"她说着，回到车边，赶马前进。

阿义专注地盯着那两只水淋淋的玻璃奶瓶，肚子隆隆地响着。牛奶的气味丝丝缕缕地散发在清晨的空气里，在他面前缠绕不绝，勾得他馋涎欲滴。他看到一只黑色的蚂蚁爬到奶瓶的盖上，晃动着触须，吸吮着奶液。那吸吮的声音十分响亮，好像一群肥鸭在浅水中觅食。

药铺的门怪叫一声，门扇半开，一个脑袋半秃的男人探出半截身体，出手如钳，将那两瓶牛奶提了进去。令阿义昏昏欲睡的蚂蚁吮吸牛奶的声音停止了。他咽了一口唾沫，畏畏缩缩地将脑袋从半开的门缝里探进去。他看到秃头男人正在店堂里洗脸，一只母猫站在墙角堆积的药包中伸着懒腰，在它的身下，几只毛茸茸的小猫还在酣睡。男人洗完脸，端着脸盆出来。阿义急忙闪到门边。一片水在空中拉开一道帘幕，响亮地跌落在街石上。阿义不失时机地凑过身去，哀求道："大叔，我母亲犯病了，抓两副药。"秃头男人冷冷地说："门外等去，八点才上班呢。"就在秃头男人要将身体挤进门里时，阿义伸手扯住了他的衣襟。"干什么，黑小子？"男人说。阿义漆黑的眼睛望着男人褐色的眼珠，顺势跪在地上，说："大叔，行行好吧，我母亲病了，她如果死去，我就是孤儿。"那男人嘟哝着："看不出还是个孝子。药方呢？"阿义急忙把药方和银钗递上去。男人道："这不行，药铺要现钱，你得先把这钗子换了钱。"阿义的脑袋很响地叩在石头台阶上。他抬起头，说："大叔，我母亲吐血了……她如果死去，我就是孤儿。"

二

提着两包捆扎在一起的中药，像提着母亲的生命，阿义跑出了八隆镇。赤红的太阳迎着他的面缓缓升起，好像一个慈祥的红脸膛大娘。道路依偎着马桑河弯曲延伸，仿佛永无尽头。快跑，慢跑，小跑，跑，跑，跑，虽然腹中饥饿，但心里充满幸福。河流两边展开着无边的麦田，路边的野草上挑着露珠。青草的气味很淡，麦子的气味很浓。他不时地将中药放到鼻边嗅着。香气弯弯曲曲，好像小虫，钻进了他的心。他抬头看到，温柔的南风像丝绸一样拂拂扬扬；低头听到，辉煌的天空里回旋着野鸟的叫声。跑到翰林墓地时，从河的对岸传来了嘹亮的喊号声。他看到在紫红的大道上，狂奔着一群金光闪闪的牛，一个瘦长的男人在牛后拖鞭奔跑着。跑啊跑，跑回家，先去王大娘家借来熬药的罐子。他嗅到了煎熬中药的浓烈香气。他想起了那只猫头鹰，不由自主地歪头看那株松树。他看到松树笔状的树冠绞动着，变成了一簇跳跃着的金色火焰。树下的石供桌上坐着两个人。他又回头看了一眼，果然在石供桌上坐着两个人。

“喂，小孩，你站住！”

阿义站住。“你过来！”他听到石供桌上人喊叫，并且看到那个人高抬着一只手。阿义怯怯地走过去。他这时清楚地看到，坐在石供桌上的是一个男人和一个女人。男人满头银发，紫红的脸膛上布满了褐色的斑点。他的紫色的嘴唇紧抿着，好像一条锋利的刀刃。他的目光像锥子一样扎人。女的很年轻，白色圆脸上生着两只细长的、笑意盈盈的眼睛。男人严肃地问：“小鬼，你贼眉鼠眼，偷看什么？”阿义困惑地摇摇头。“你的父亲，叫什么名字？！”男人提高了声音，威严地问。阿义结结巴巴地说："我……没有父亲。"那男人怔了一下，然后突然仰起头来，爽朗地大笑着："哈哈！你听到没有？他说他没有父亲，他竟然说自己没有父亲！"那女子不理男人的话，只管一个人龇牙咧嘴，对着一面长方形的小镜子，修补她的嘴唇。阿义感到腹中痉挛，强烈的尿意突然袭来。为了不尿在裤头上，他把双腿紧紧地夹在一起，腰背也不自觉地挺得笔直。他看到那男人从衣袋里摸出一个灰白的小瓶，对准嘴巴，哧哧地喷了几下，歪头对身边的女子说："这小杂种！"女子懒洋洋地站起来，对着阳光打了一个喷嚏，她打喷嚏时五官紧凑在一起，模样很是古怪。打完了喷嚏，她的双眼泪汪汪的，她身穿一件紫红色的、皱巴巴的裙子，裸露着两条瘦长的、膝盖狰狞的腿。女子把一本绿色封面的小书摔在石供桌上，拍拍屁股，不声不响地走进麦田。男人站起来，身上的骨头发出"咔吧咔吧"的响声。阿义看到他高大腐朽的身体背着灿烂的朝阳逼过来。他想跑，双腿却像生了根似的移不动。男人伸出大手捏住了阿义细细的手腕。阿义感到那只大手又硬又冷，像被夜露打湿的钢铁。他挣扎着，想把手腕从那人的大手掌里脱出来。但那人用力一攥，他的手腕一阵酸麻，两包中药落在地上，他大喊着："我的药……我娘的药……"

但那男人聋子似的，对他的喊叫不理不睬，只管拖着他往前走。他被拖到那株松树下。男人把他的另一只手腕也捉住，往前用力一拽，阿义的鼻子就碰在了粗糙的树皮上。泪眼朦胧中，他看到松树已在自己怀抱里。男人用一只手攥住他的双腕，用另外一只手，从裤兜里摸出一个亮晶晶的小物件，在阳光中一抖搂，发出清脆悦耳的声音。“小鬼，我要让你知道，走路时左顾右盼，应该受到什么样的惩罚。”阿义听到男人在树后冷冷地说，随即他感到有一个凉森森的圈套箍住了自己的右手拇指，紧接着，左手拇指也被箍住了。阿义哭叫着：“大爷……俺什么也没看到呀……大爷，行行好放了俺吧……”那人转过来，用铁一样的巴掌轻轻地拍拍阿义的头颅，微微一笑，道：“乖，这样对你有好处。”说完，他走进麦田，尾随着高个女人而去。阳光和麦浪被他伟岸的身影分开，留下一道鲜明的痕迹，宛如小船刚从水面上驶过。

阿义目送着他们，一直望着他们的背影与金色麦田融成一体。微风从远处吹来，麦田里滚动着层层细浪。结成团体的鸟儿像褐云般掠过去，留下繁乱的鸣叫和轻飘飘的羽毛，然后便是无边的寂静。

阿义脑袋里乱糟糟的，适才发生的事仿佛梦境。他晃晃脑袋，试图把这些可怕的恍惚感觉赶走。他想起了母亲，想起了药。他想走，却发现自己已经失去了自由。他挣扎着，起初只是用力往后拽胳膊，继而是上蹿下跳，嗷嗷怪叫，仿佛是一只刚从森林里捕来的小猴子。终于，他累了，他把脑袋抵在树皮上，呼噜呼噜地哭起来。随着一股眼泪的涌出，心中的暴躁渐渐平息。他从树干的一侧往前探头，看到那两个紧密相连的铁箍放射着扎眼的光芒。它们紧紧地箍住了拇指的根部，勒得两根拇指充血发红，动一动就钻心疼痛。

他小心翼翼地把胳膊撑开，身体绕着树转了一圈，面对着马桑河和河边的道路。十几只油亮的燕子紧贴着河面飞翔，暗红的肚皮不时碰破水面，激起一些白色的小浪花。河的对岸也是连绵的麦田，麦田的尽头，有一些凝重的村落，村落的上空，笼罩着蓬松的烟云。他低头看到那两包躺在草丛中的药，母亲的呻吟声顿时如雷贯耳。他的鼻子一酸，眼泪又涌出来。他感到这一次涌出的泪水又黏又稠，好像松树上流出来的油脂。

三

在随后的时间里，不时有提着镰刀的农人从河边的土路上走过，他们都匆匆忙忙，低着头，目不斜视。阿义的喊叫、哭泣都如刀剑劈水一样毫无结果。人们仿佛都是聋子。偶尔有人把淡漠的目光投过来，但也并不止住匆匆的步伐。

他苦熬到半晌午。高悬东南的太阳红色褪尽，变成灼目的白亮。曾经在麦田里飘荡过的薄雾早已消逝得干干净净。干燥的西南风一波催着一波吹来。熟透的小麦摇晃着沉甸甸的穗子。麦芒纵横交叉，茎叶反复摩擦，麦粒蚕屎般落地。田野里涌动着使人心痒难挨的窸窣声。空气中弥漫着麦子的焦香和呛人的尘土。汗水像胶油一样从他头皮上冒出来，流下去。他感到口渴难忍，肚子里像有团熊熊的火焰，鼻孔里呼出的气息灼热如烟。他又一次挣扎起来，强忍着拇指根部骨断皮裂般的痛苦。他靠着双腿和腹部的力量，一耸一耸地爬到树干高处，幻想着能让树冠从自己的怀抱中滑过，然后便能获得自由，但松树繁茂的枝杈顶住了他的脑袋，粉碎了他的幻想。他的肌肉一松懈，整个人从树干高处一滑到地。粗糙的树皮把他的肚皮和小腹拉得鲜血淋漓，被锁住的手指更是爆炸般的奇痛。他惨叫一声，昏晕过去。

不知过了多久，一阵震耳欲聋的机器声把他惊醒了。他努力睁开被眵糊住的眼睛。睁眼时他听到睫毛被拔离眼睑的噼啪声。泪眼模糊，往树皮上蹭蹭。他看到，从早晨跑过的那条路上，开过来一辆鲜红的拖拉机。道路崎岖不平，拖拉机蹦蹦跳跳，宛如一匹不驯服的马驹。开车的人一头乱发，戴着墨镜，腰板笔直，坐在驾驶座上，活像一尊石雕像。车头后灰色的挂斗里，坐着三个人。看不清他们的脸，但能听到他们猖狂的歌唱。他用胳膊夹住树干，艰难地站起来，竭尽了全力地喊叫："救救我吧——救救我吧——"

拖拉机在墓地前停住，挂斗里的人停止了歌唱，但机器还"扑通扑通"地响着。车头上直竖起的铁皮烟筒里，喷吐出一环顶一环的、刚劲有力的烟圈。阿义不停地喊叫，并且把脑袋从树的一侧极力前伸。车上的人僵了一会儿，都把头歪过来，看着他的头。车后挂斗里的三个人一个随着一个跳下来。当头的是一个身体矮小、动作敏捷的男人，紧随着他的是个高大魁梧的汉子，走在最后的是一个皮肤漆黑、留着短发的女子。他们集中在松树前，仔细地看着那拇指铐，继而交换一下迷茫的眼神。小个子男人眨动着灰白色的冷冰冰的眼睛，严厉地问："是谁把你锁在这里？"阿义怯怯地回答："一个老人。"小个男人瘪起缺齿的嘴，轻蔑地哼了一声。他从衣兜里摸出一个放大镜，低下千沟万壑的头面，专注地研究着拇指铐，好像一个昆虫学家在研究蚂蚁。高个男人拍了一下他隆起的脊背，瓮声瓮气地问道："老Q，干什么你，装神弄鬼吗？"他抬起头，掏出一块砖红色的绒布，仔细地揩着放大镜，赞叹道："好东西，真是好东西！地地道道的美国货。""老Q，瞎编吧你就！进口彩电有，进口冰箱有，就是没听说过进口手铐。"高个男人说着，也把脸凑上去看了看，"不过这小玩意儿，的确是精致。"黑皮女子用充满同情的腔调问道："小孩，你怎么搞的呀，是谁把你铐起来的？"

阿义说："一个老爷爷。"

老Q问："他为啥把你铐起来？"

阿义困惑地摇摇头。

老Q夸张地笑了几声，转脸对同伴们说："怪事不？一个老爷爷，竟然无缘无故地把一个少年儿童铐了起来？！"他伪装出一副凶恶面孔对着阿义说："你一定干了什么坏事！是偷了他家的母鸡呢，还是砸碎了他家的玻璃？"

阿义委屈地说："我没有偷母鸡，也没砸玻璃。我的母亲病得不轻，吐血了，我去抓药……"老Q厉声道："住嘴！你以为我们是谁？你以为撒个小谎就能骗我们替你打开铐子？哼！我一眼就看出来了，你是个不良少年。你一定做了特别坏的事，被警察铐在这里的！”

阿义哭着喊：“我没有，我没有……我的母亲快要死了，救救我吧……”

老Q厉声道：“你以为几滴眼泪就能骗过我们？！我们这一代人，眼泪见得太多了！眼泪后面有虚伪也有真诚，但更多的是虚伪！莫斯科不相信眼泪，老实交代！”

“行了吧你老Q，对着个孩子耍什么威风？”黑皮女子怒斥小个男人，转脸又对大个男人说，“大P，想法解放他。”

大P为难地嘟哝着：“这怎么解？”

黑皮女子道：“想想法子嘛，总不能见死不救吧？”

老Q冷笑道：“如果这里锁住的是条狼，难道也要救吗？”

黑皮女子道：“我看你才是一条狼，一条灰眼狼，一条色狼。”

大P笑着，走到松树前，抓住阿义的两条细胳膊，道：“忍着点，看能不能劈开。”

大P用力一劈，阿义杀猪似的嚎叫起来。

老Q冷冷地道：“劈吧，把两条胳膊劈下来，那铐子也是连着的。”

黑皮女子踢大 P 一脚，骂道：“笨熊，你想把他五马分尸吗？”

大 P 道：“我这不也是着急嘛！”

黑皮女子招呼正在车边紧螺丝的司机道：“小 D，你过来看看。”

小 D 吹着口哨，从车旁踱过来。他弹了一下阿义的头，道：“你这是玩的什么鸟？伙计！”

黑皮女子道：“你帮他弄开吧，也许只有你才能帮他弄开。”

小 D 回到车边，提过来一只工具箱。他从箱子里拿出钳子、锉子、锤子，在那拇指铐上比画着。

老 Q 道：“枉费心机。”

黑皮女子道：“你自己无能，就滚到一边去，别在这时候泼冷水。”

小 D 皱着眉头，想了想，突然他面有喜色。从工具箱底翻出一根钢锯条，道：“也许能锯断，小兄弟，你忍着点。”

小 D 分开阿义的拇指，把钢锯条伸进去，别别扭扭地锯起来。阿义咬紧牙关，一声不吭。锯条摩擦钢圈，发出尖利刺耳的声音。折腾了几分钟，低头看时，那铐子上没留半点痕迹，钢锯齿却磨秃了。

小D对黑皮女子说："黑姐，没办法，这玩意儿，太硬了。"

老Q幸灾乐祸地道："说吧，你们嫌我多嘴。这东西，是合金钢的，比你那根锯条硬十倍。"

小D无奈地望着黑皮女子，一脸歉疚。他拍了一下脑袋，大声说："嘿，有了。我真笨。咱们把这棵树砍断不就行了吗？"

"休怪我又要多嘴——这树，能砍吗？"老Q指着墓前一块刻着字的石碑道，"这翰林墓，是市级重点保护文物。砍树？吃了豹子胆啦？砍吧，只怕他的拇指铐没解下来，你拇指铐也戴上了。"

黑皮女子道："这么说没有办法了？就只能看着他在这儿受风吹日晒，慢慢地风干，死掉，像一只挂在树枝上的青蛙。"

老Q道："也许他有好运气，会有高手给他开铐。"

小D道："我听人说，惯偷'草上飞'能用细铁丝捅开手铐。"

"'草上飞'？"老Q冷笑着说，"三年前就给毙了！"

大P道："我们何不去找个锁匠来？"

小 D 道："我估计用气焊枪也能烧断。"

大 P 道："那还不把他的手指给烧熟了。"

"伙计们，别操闲心啦，解铃还靠系铃人。"老 Q 说着，抬头望望太阳，又道，"再吵吵下去可就误了酒宴了。"

老 Q 率先朝拖拉机走去，其余三个人也沮丧地离开了。

拖拉机缓缓移动了。老 Q 在车上喊："小孩，老老实实呆着。这种铐子，里边有弹簧，越挣越紧，当心勒断你的骨头。"

大 P 道："你就别吓唬他了。"

黑皮女子恼怒地大叫："都给我闭嘴吧！"

四

拖拉机蹦蹦跳跳地开走了，留下了一路烟尘。阿义用额头碰着树干，呜呜地哭了。他的眼睛已经流不出眼泪，只有额头上流出的血，热烘烘地流到嘴边。他的眼前模模糊糊地出现了一幅可怕的图像：一只被绑住后腿的青蛙，悬挂在树枝下，一个斜眼睛的少年，用火把烧烤着它。它的身体嗞嗞地响着，冒着白烟，渐渐地，白烟没了，火把也熄了，它变成了一具焦黑的尸首。他闭上眼睛，身体软下去。

在昏昏欲睡的状态中，他听到路上又响起了脚步声。鼓足了勇气他睁开眼睛，看到一团暗红的火从路上缓缓地飘过来。他摇头，咬牙，集中心神，幻影消失。果然是一个人走来了，是一个身着酱红色上衣，头戴着大草帽的女人迎着阳光走来了。他喊叫："救命……"

那个女人怔了一下，立住脚步，摘掉草帽高举在头上，向这边张望着。阿义继续喊叫，但喉咙里只发出一些嘶嘶啦啦的奇怪声响。他焦躁不安，恨不得举手撕破好像被麦糠和猪毛塞住了的喉咙。

女人发现了他，对着墓地走过来。她的脸一片金黄，宛若一朵盛开的葵花，她一步一步地近了。阿义先是嗅到、随即看到了一股焦黄的浓郁香气，从她的身上一团一团散发出来，又一片一片落在地上。他被这香气熏得头晕脑胀，飘飘欲飞。女人穿行在焦黄的香气里，时隐时现。她的脸时而椭圆时而狭长，时而惨白时而金黄，时而慈祥如母亲时而凶恶如传说中的妖精。阿义既想看她又怕看到她，他时而睁眼时而闭眼。

他睁开眼睛，看到一个确凿的女人站在自己身旁。她左手提着一把寒光闪闪的大镰刀，右手提着一把古老的、泛着青铜色的大茶壶，两条黑色的宽布带，呈斜十字状分割了她丰硕的胸膛，与布带相连的，是伏在她背上的一个大脑袋的婴孩。那婴孩吮吸着拇指，嘴里发出呜哇呜哇的声音。女人慵懒地走到松树前，黏黏糊糊地问："你这个小孩，在这儿闹什么呢？"说完话，她也不期待回答，放下茶壶和镰刀，匆匆走进坟墓后边的麦田蹲下去，接着响起了明亮的水声。那顶金黄的大草帽，仿佛漂浮在水面上。过了一会儿，她从墓地后走出来。她背上的孩子哇哇地哭起来，越哭越凶，好像被锥子扎着了屁股，女人歪头说："小宝，小宝，别哭，别哭。"孩子哭得更凶，高音处如同鸽哨。女人慌忙把孩子转到胸前来，一边拍着，一边坐到石供桌上。她解开胸前的带子，揪出一个黄色的奶袋，把一个黑枣状的奶头塞进婴儿嘴里，婴儿顿时哑口无声。墓地里安静极了，两只浅黄色的小松鼠，旁若无人地追逐嬉戏着。它们从石马的背上跳到石人的头上，又从石人的头上跳到石羊的角上，然后踩着阿义的脑袋，蹿到松树上去。它们一边追逐一边尖声吵闹。女人也忘了阿义的存在，只管低着头，慈爱地注视着怀中的婴儿。她的嘴唇哆嗦着，从鼻里哼出柔软绵长像煮熟的面条像拉丝的蜂蜜像飞翔的柳絮一样的曲调。这曲调使阿义十分感动，恍恍惚惚感觉到自己就是那吃奶的婴儿，而那坐在石供桌上的肥大的妇人就是自己的母亲。阿义感到自己口腔里洋溢着乳汁的味道，既甜蜜又腥咸，与血的味道相同。他祈盼着这情境凝结，像几朵玻璃球里的黄色小花。

那婴孩叼着乳头睡着了。女人小心翼翼地把奶头从孩子嘴里往外拔。他叼得很紧，奶头拉得很长，像一根抻开的弹弓胶皮，拔呀拔呀，抻啊抻啊，“噗”地一声响，膨胀的奶头脱出了婴儿的小嘴。一群漆黑的乌鸦突然从死水般寂静的麦田里冲起来，团团旋转着，犹如一股黑旋风。它们一边旋转一边噪叫，呱呱的叫声震动四野，腐肉的气味在阳光中扩散。阿义看到女人仰望着鸦群，他也仰望着鸦群，直到它们融在白炽的光海里。

女人把孩子转到背后，扎紧了胸前的带子，提起镰刀和茶壶。阿义嘶哑地鸣叫了一声。女人侧目望了望他，肿胀的嘴唇哆嗦着，脸上显出惶惶的不安的神情。她似乎犹豫不定，目光躲躲闪闪。阿义捕捉着她的在草帽阴影里的眼睛，送过去无限哀怨和乞求的信息。女人踉踉跄跄地走近了。她伸出一根肥嘟嘟的食指，戳戳那泛着蓝色的物件，又拨弄了一下阿义青红的拇指。阿义哆嗦了一下。她好像被热铁烫了似的，迅速地缩回食指，嘴唇又是一阵大哆嗦，眼睛里像蒙了一层雾，像是问阿义，更像是自言自语道："孩子，这是怎么弄的？是怎么弄的呢？"一边倒退，脚后跟被杂草绊了一下，身体摇摇晃晃，仿佛一架超载的马车。阿义紧盯着她，眼睛里沁出了血。她尴尬地咧嘴一笑，露出了两颗分得很开的门牙，显得既可怜又丑陋。"我也没法子，你这孩子。"她倒退着说，"这物件儿，不是一般物件儿，孩子，你这可怜的孩子……"她猛然转过身，笨拙地往前跑去，背上的孩子和臃肿的臀部，颤颤巍巍地耸动着。阿义的头颅像被鞭子打折的麦穗一样，沮丧地低垂下去。但那女人跑了十几步就停住了。她转回身，望着阿义，呆板的大脸上猝然焕发出一种灿烂的光彩，像朝霞，也像晚霞。"你也许是个妖精？"她紧张的喉咙发出扁扁的声音，"也许是个神佛？您是南海观音救苦救难的菩萨变化成这样子来考验我吧？您要点化我？要不怎么会这么怪？"她的眼里猛然饱含着橙色的泪水，腿脚利索地扑到松树前，放下大茶壶，双手抡起镰刀，砍到树干上。镰刀刃儿深深地吃进树干，夹住了。她摇晃着镰柄，累得气喘吁吁，才把刀刃拔出来。她看了一下镰刀，顿时变了脸色。把镰刀递到阿义面前，她说："看看吧，镰刃全崩了。这让我怎么割麦子呢？你这小孩！"她哭丧着脸，弯腰提起茶壶，又说："你亲眼看到了，我的镰刀崩了。”她走了几步，却又折回来，叹息着说：“管你是神是鬼呢，也许你只就是个可怜的孩子。”她扔下镰刀，一手提着茶壶的提梁，一手托着茶壶的底儿，将稚拙地翘起的壶嘴儿插进了阿义的嘴里。“你一定渴了，”她说，“喝点水吧。”阿义顺从地含住了壶嘴，只吸了一口，干渴的感觉便像泼了油的火焰一样轰地燃烧起来。他疯狂地吮吸着，全身心沉浸在滋润的快感里。但是那女人却把壶嘴猛地拔了出去。她摇摇水壶，愧疚地说：“半壶下去了，不是我舍不得这点水，我的男人在地里割麦，等着喝水。他脾气暴，打人不顾头脸，对不起你了，小孩，你也许真是个神佛？”

女人走了。走出十几步时她回一次头。又走出十几步时又回了一次头。虽然她没能解开拇指铐，但阿义心中充满了对她的感激之情。因为喝了水，他的眼里盈满了泪。

五

下午一点多，阳光毒辣，地面像一块烧红的铁。松树干上被镰刀砍破的地方，渗出一片松油。阿义喝下的那半壶水，早已变成汗水蒸发掉。他感到头痛欲裂，脑壳里的脑浆似乎干结在一起，变成一块风干的面团。他跪在树干前，昏昏沉沉，耳边响着“笃笃”的声音。声音似乎是头脑深处传出来的。那两根被铐在一起的手指，肿得像胡萝卜一样，一般粗细一般高矮，宛如一对骄横的孪生兄弟。那两包捆在一起的中药，委屈地蹲在一墩盛开着白色花朵的马莲草旁。粗糙的包药纸不知被谁的脚踩破了，露出了里边的草根树皮。他嗅着中药的气味，又想起了跪在炕上的母亲。母亲痛苦的呻吟声，在半空里响起。他歪歪嘴哭起来，但既哭不出声音，又哭不出泪水。他的心脏一会儿好像不跳了，一会儿又跳得很急。他努力坚持着不使自己昏睡过去，但沉重黏滞的眼皮总是自动地合在一起。他感到自己身体悬挂在崖壁上，下边是深不可测的山涧，山涧里阴风习习，一群群精灵在舞蹈，一队队骷髅在滚动，一匹匹饿狼仰着头，龇着白牙，伸着红舌，滴着涎水，转着圈嗥叫。他双手揪着一棵野草，草根在噼噼地断裂，那两根被铐住的拇指上的指甲，就像两只死青鱼的眼睛，周围沁着血丝。他高叫母亲。母亲从炕上下来，身披一块白布，像披着一朵白云，高高地飞来，低低地盘旋，缓缓地降落。草根脱出，他下坠着，飘飘摇摇，似乎没有一点重量。母亲一伸手抓住了他，带着他飞升，一直升到极高处，身下的白云，如同起伏的雪地，身前身后全是星斗，有的大如磨盘，有的小似碗口，都放光，五彩缤纷，煞是好看。母亲搂着他，站在一颗青色的星上，星体上布满绿油的苔藓，又滑又冷。他仰望着母亲，欣慰地问："母亲，您好啦，您终于好啦。"母亲微笑着，伸出一只手，摸着他的头。他的头上一阵剧痛，像被蝎子螫了一样。他看到母亲的脸扭曲了，鼻子弯成鹰嘴，嘴巴里吐出暗红色的分叉长舌。他惊叫一声，脚下的星斗滴溜溜地转起来，好像漂在水面的皮球。他头脚倒置，直冲着大地降落，轰然一声，钻进了泥土中，冲起一股烟尘……

阿义被噩梦惊醒，额上布满黏腻的油汗。眼前依然是松树、墓地、一望无际的麦田。西南风刮大了，像从一个巨大的炉膛里喷出的热气。汹涌的麦浪层层叠叠，无边的金黄中，有一泓泓银亮，像银的液体在金的液体里流动。一台烫眼的红色机器，在金银海里无声无息地游动着，机器后边，吐出一团团黄云。路上又走来走去着人，男人、女人，但无人理他。他心中燃烧起怒火，疯狂地啃松树的皮，树皮磨破了他的唇，硌酸了他的牙。他恨，恨锁住拇指的铐，恨烤人的太阳，恨石人石马石供桌，恨机器，恨活动在麦海里的木偶般的人，恨树，恨树疤，恨这个世界。但他只能啃树皮。他的牙缝里塞进了碎屑，嘴巴里满是鲜血，松树一动不动，不痛也不痒，不怨也不怒。他想到了死，用额头碰撞树干，耳朵里嗡嗡直响，眼前出现了一条通往地狱的灰色道路……

阿义再次苏醒过来时，浓厚的乌云布满天空，太阳藏匿得无影无踪。一股股的劲风低低地掠过，苍白的麦田浊浪翻滚，喷吐着泡沫。无数的麦穗折断，无数的麦粒落地。一片片血红的闪电照亮天际，雷声滚滚。田野里奔跑着人，都慌不择路，仿佛一些刚从地洞里被水灌出来的耗子。

云越压越低，天越来越黑。风突然停了，空气凝固，燕子飞升到云上去，小动物顾头不顾尾地躲藏。天完全黑了，比没有星光的夜晚还要黑。一个女孩在黑暗中大哭，但只哭了几声便停了，仿佛有一只大手堵住了她的嘴巴，突然有一道淋漓着火花的绿光撕裂了黑暗的幕布，十几颗溜圆的火球在墓地间跳跃滚动着，唧唧有声，像有血有肉的小动物。然后是一连串巨响，空气里立即弥漫了燃烧胶皮的焦糊味。他的耳朵什么也听不到了，好像钻进灯泡里一样，坟墓后边一大片麦子被烧成了灰烬，袅袅的白烟上升，与黑云接手。紧接着天空被一片片抖动的闪电映得彤红，麦子用漩涡状的波动表现出旋风。大地在颤抖，松树在燃烧。他的脑袋一阵钝痛，一个乒乓球大小的灰白的东西弹跳落地。冰雹！白亮亮的冰雹密集地落下来，大的如鸡卵，小的如杏核，噼噼啪啪，宛如堆珠砌玉。最初几颗冰雹打在他的身上时，他还能感到痛楚，但很快便麻木了。他的眼前一片灰白，灰白的冷气浸着他，所有的肢体和器官也变得灰白冰冷，只有内心深处还有一点点微弱的暖意，像一只小麻雀的心脏，像一点萤火虫的微光……

六

傍晚的时候，阿义又醒过来。地上的冰雹已经化尽，田野里一片狼藉。松树下躺着一只猫头鹰的尸体。松树枝上悬挂着一些鱼肠状的脏物。他的牙齿止不住地打抖，身体又白又亮，像一根通了电的钨丝。我还活着吗？我也许已经死了，已经进入了母亲曾经说过的阴曹地府，这周围渐渐聚拢了绿色的火焰，这不就是地狱里的鬼火吗？各种各样的鬼，有的从树上跳下来，有的从地下冒出来，有牛头，有马面，还有些毛茸茸的，穿着红绸小裤衩的小动物，它们龇着两颗大门牙，瞪着玻璃球似的眼睛，耸着两扇比头还要大的透明的耳朵，在他身体周围，咿咿呀呀地唱着歌，不停地跳跃着，有的竟然跳到他的身上，附在他的耳边，用蚊虫般细弱的声音问他一些话，有的啃他的耳朵，有的咬他的鼻梁，有的两条腿盘坐在他的手腕上，啃那两根被锁住的拇指，咯咯吱吱的，像兔子啃冰冻的胡萝卜一样。咬吧，咬吧，他鼓励着小妖精们，咬断我的拇指，我就解放了，小妖精，你们有母亲吗？啊，你们有母亲，我也有母亲，我的母亲，我的母亲病了，吐血了，你们咬断我的手指吧，让我去见母亲……他猛然地格外清醒了，他想起了那两包药。我的药呢？我为母亲抓的药呢？我用母亲头上的银钗换来的药呢？它们已被冰雹打烂，被雨水浸湿，与泥巴和杂草混在一起。阿义感到了彻底的绝望，母亲，母亲，你的药，完了。他又想咬树皮，但牙齿刚一触到那粗糙，便立即心灰意懒了。

西天边一片血红，天空中游走着破云败絮，残缺的天空时而如碧绿的树叶，时而如玫瑰色的花瓣。傍晚的田野里，响起了女人的哭声，东一声西二声，南三声北四声，很快连成了一片。麦子啊，麦子！老天啊，老天！面条没了。馒头没了。饺子没了。什么都没了，都砸到泥里去了。毁了。在遍野的哭声中，却有一个人在歌唱，是一个苍凉高亢的男声独唱，比最高的大树还要高许多的孤独的歌唱：麦子啊麦子——我们的麦子——香香的麦子——甜甜的麦子——亲亲的麦子——麦子啊麦子——我们的麦子——

高亢的歌声起了，哭声低了，落了，哑了。一轮银月升起了，红云淡了，散了，没了。他被这反复咏叹的歌声鼓舞着，站了起来。他哆嗦得如同一根弹簧。歌声如同河水，如同麦子，如同棉衣。歌声如同月亮。歌声如同月光，照亮了他的内心。他往前探过头去，咬住了一根拇指，好像咬住了一个与己无关的、冷冰冰的、令人厌恶的东西。他用力咬着，毫不客气，决不动摇。他感到那节拇指落在嘴里了，便低头张嘴把它吐在了地上。他听到它落在地上。他张嘴咬住另一根拇指，牙齿上贯注着仇恨。他吐掉它，又听到了它落地的声音。他不去看它们，但能想象到它们是如何地欢欣鼓舞着逃跑了。他满怀着希望往后移动身体，双臂僵硬，不能弯曲，像两根铁棍。他感到手腕被树干挡住了。巨大的恐怖袭来。他本能地将身体往后仰去，这时，他听到了拇指铐从拇指残根上脱下又跌落在地的声音。他仰面朝天躺在地上，看着那棵离开了自己怀抱的松树，猛然的惊喜降临。一轮皎皎的满月在澄澈的天空里喷吐着清辉，无数白色的花朵成团成簇地、沉甸甸地从月光里落下来。暗香浮动，月光如洒。白花不停地降落，在他的面前，铺成了一条香气扑鼻的鲜花月光大道。他抖抖索索地站起来，往那诱人的大道扑去，但他却头重脚轻地栽倒了。他感到嘴唇触到了冰凉的地面。

后来，他看到有一个小小的赭红色的孩子，从自己的身体里钻出来，就像小鸡从蛋壳里钻出来一样。那小孩身体光滑，动作灵活，宛如一条在月光中游泳的小黑鱼。他站在松树下，挥舞着双手，那些散乱在泥土中的中药——根根片片颗颗粒粒——飞快地集合在一起。他撕一片月光——如绸如缎，声若裂帛——把中药包裹起来。他挥舞双臂，如同飞鸟展翅，飞向铺满鲜花月光的大道。从他的两根断指处，洒出一串串晶莹圆润的血珍珠，丁丁冬冬地落在仿佛玛瑙白玉雕成的花瓣上。他呼唤着母亲，歌唱着麦子，在瑰丽皎洁的路上飞跑。他越跑越快，纷纷扬扬的月光像滑石粉一样从他身上流过去，馨香的风灌满了他的肺叶。一间草屋横在月光大道上。母亲推开房门，张开双臂。他扑进母亲的怀抱，感觉到从未体验过的温暖与安全。

（初刊于《钟山》一九九八年第一期）

沈　园

一声霹雷在面包房外的槐树梢上炸开，树下的电车线上，闪烁着耀眼的火花。这是入夏以来的第一声惊雷，街上的行人愣了片刻，便匆匆忙忙跑到街道两边的商厦下躲藏。骑车的人则弓着腰，贴着街边往前蹿。一阵凉风吹过，密集的雨点倾斜着砸下来。马路上更加混乱，人们在风雨中四散奔逃。

他与她对面坐在一间幽暗的面包房里，每人面前摆着一杯饮料，明亮的冰块在杯子里浮动着。在他们两人之间的桌子上放着两个陈旧的羊角面包，一只苍蝇围绕着面包飞舞着。他歪着脑袋，看着街上乱糟糟的风景。槐树的枝叶在风中惊慌地摇晃着，地面上蹿起一股股细小的尘土，浓烈的土腥味夺门而入，几乎盖住了面包店特有的那种奶油气息。几辆电车咬着尾巴从远处缓缓地驶过来，急雨敲打着车厢，形成了一层灰白的水雾。车厢里人满为患，敞开的车窗里探出几个光溜溜的头颅，承受着雨鞭的抽打。车门的夹缝里抻出一角红色的裙裾，湿漉漉地粘在脚踏板上，仿佛一面失败的破旗。

“下吧，下吧，下得越大越好，早就该下一场大雨了，这座城市已经干透了，起码有半年没下雨了，再不下场大雨连树都要干死了。”他突然咬牙切齿地说起来，那神态很像某部革命电影里的一个反面人物，“你们那里怎么样？也是好久没下雨了吧？我每天看完新闻联播后就看天气预报，特别关注你们那里的天气。你们那个城市给我留下了非常美好的印象。我最讨厌大城市，如果不是为了孩子，我早就搬到小城市里去了。小城市安静、悠闲，你们那里的人我估计起码要比大城市里的人多活十年……”

“我想到沈园里去看看。”她说。

“沈园？”他正过头，面对着她，说，“沈园好像是在浙江的什么地方，是杭州？还是金华？人到中年，脑子不行了，退回去三五年，我的记忆力还是非常好的，几年工夫就不行了……”

“我每次来北京，都想到沈园去看看，但总是去不了。”她的眼睛在幽暗中闪闪发光，干枯的脸上焕发出一种生气蓬勃的光彩。

他心中暗暗吃惊，不敢正视她的灼人的目光。他听到自己用干瘪的嗓音说：

“北京有圆明园，颐和园，但我从来没有听说过有个沈园……”

她匆匆地收拾着座位下的东西，将两个小纸袋装进一个大纸袋里，然后又将大纸袋装进一个塑料手提袋里。

“这就走吗？你的火车不是晚上八点才开吗？”他指指桌子上的面包，用轻松的口吻说，“你最好把它吃了，上了车未必有饭吃。”

她将塑料袋子抱在胸前，目光死死地盯着他，用低沉但是坚定不移的口吻说：“我要到沈园去看看，我今天必须去沈园看看。”

一阵夹杂着雨点的凉风从门外吹进来，他抚摸着自己的胳膊，不由得打了一个寒战。

“据我所知，北京根本没有什么沈园。对了，我想起来了！”他兴奋地说，“我终于想起来了，沈园在浙江绍兴，十几年前我去过一次，距离鲁迅故居不远，就是南宋大诗人陆游和唐婉题词应答的地方，什么‘红酥手，黄縢酒，满城春色宫墙柳’之类，其实只是一座荒凉的破园子，到处都是野草，就像那个陪同我去的朋友说的，不看很遗憾，看了更遗憾……”

此时她已经站了起来，整理了一下衣服，拢了一下头发，再次对着他，又好像自言自语地说：

“这一次，无论如何我也要到沈园里去看看。”

他伸出一只手拦在她面前，小心翼翼地说：“就算沈园在北京，咱们也得等雨小一点时再去吧？如果想去绍兴看真正的沈园，那只能等明天，火车一天一班，早已开走，这样的天气飞机绝对不会起飞，而且，好像也没有去绍兴的航班。”

她绕开了他的手，提着塑料口袋，出了面包房，走进灰白的雨幕中。他匆匆地跟那两个目光闪烁的服务员结了账，急忙追了出去，站在面包房探出去的门廊里，他听到急雨抽打着廊檐上的铁皮，发出令人心烦意乱的嘈杂声。他的目光透过门廊上挂下来的瀑布般的水帘，看到她用那个塑料口袋遮着脑袋，正在急匆匆穿越马路。几辆轿车从她的身后急驰而过，溅起的水花顷刻之间将她的裙子打湿，使她的瘦骨伶仃的身体显示出来。他站在长檐下，侧目望了望不远处自家居住的那栋灰色的楼房，似乎看到了急雨从阳台上新近安装的海蓝色玻璃下千变万化地流淌下来。一股浓郁的茶香仿佛也在鼻子里氤氲，甚至听到了女儿娇滴滴地喊着：爸爸，你来呀！

她站在马路对面的急雨里，对着一辆辆的轿车招手，不管是出租车，还是不是出租车。她的脸朦朦胧胧，让他突然想起了将近二十年前，在寒冷的雨夹雪里，站在她宿舍的玻璃窗户外，看到她端坐在椅子上，身穿着一件洁白的高领毛衣，清秀的脸上带着微笑，愉快地拉着手风琴的情景。后来他曾经想对她说说那个几乎把他冻僵了的夜晚，但事到临头他总是克制住自己袒露心怀的欲望。那个拉手风琴的年轻姑娘似乎在急雨中复活了，他心中的残余的激情猛烈地燃烧起来。他冲进了急雨，跑到了马路对面，站在了她的面前。片刻的工夫，他的全身也像她一样，湿得通透，冰凉的、夹杂着冰雹的雨水使他的身体马上就凉透了。他抓住她的胳膊，试图将她拖到能够遮挡雨水的商厦里，但她用力地挣扎着，使他的努力化解在拉拉扯扯之中。他感到似乎有芒刺在背，侧目便看到商厦下那些鬼鬼祟祟的目光，而且还有好几张脸似曾相识，但他知道自己已经没有退路，如果撒手而去，他的良心将会永世不得安宁。

他终于将她拉进了路边的电话亭中，两个半圆的罩子一边一个，遮住了他们的上半截身体。他说：“我知道在前面的胡同里有一家台湾茶馆，很有情调，我们到那里去坐坐，喝杯热茶，等雨小点了，我就送你去车站。”

她的上半截身体隐没在庞大的半圆形罩子里，看不到她脸上的表情，只能看到黑裙紧贴在她腿上，两个膝盖丑陋地突出着。她一声不吭，似乎没听到他的提议。马路上的车辆已经很稀少，她坚韧地对着每一辆轿车招手，不管是不是出租车。

在大雨变成了中雨的时候，他们终于拦住了一辆红色的夏利出租车。他拉开车门将她让了进去，随着他也钻了进去。司机冷冷地问：“去哪？”

“去沈园！”她抢着说。

“沈园？”司机问，“沈园在哪里？”

“不去沈园，”他脱口而出，“去圆明园。”

“去沈园！”她的声音麻木而固执。

“沈园在哪里？”司机问。

“不去沈园，去圆明园。”他说。

“到底去哪里？”司机不耐烦地说。

“我说去圆明园就去圆明园！”他的嗓门突然提高了。

司机侧着脑袋看了他一眼，他对着司机那张阴沉的脸点点头。接下来她又重复了三次说去沈园，但司机一声不吭，出租车在空旷的大街上急驰，车子两边的水哗哗地溅出去，让他产生了一种莫名其妙的悲壮感。他偷偷地观察着她的脸色，看到她的嘴噘得很高，似乎是在赌气。他还看到她的手在车门把手上微微颤抖，好像在酝酿着什么阴谋。为了防止她突然跳车，他紧紧攥住了她的右手。他感到她的手冰凉黏腻，好像一条鱼的尸首。她的手在他的手里一动不动，没有丝毫要挣脱的意思，但他还是牢牢地攥住它不敢放开。

车子拐进了一条狭窄的小街，街道两边堆满了白色垃圾，白色垃圾里有许多墨绿色的西瓜皮在放光。几家临街的小饭馆门口悬挂的彩色粘蝇纸在风雨中招展着，几个蓬头垢面的女人袒胸露背地倚在门边，嘴里叼着香烟，满脸都是无聊的表情。这情景使他恍惚回到了她的那个小城。他惊问：

“伙计，这是到了哪里？”

司机不回答，车内雾气弥漫，雨刷器紧张地工作着，发出令人心烦意乱的单调声响。

“你这是往哪里开？”他不由得惊呼起来。

司机恼怒地说：“你吵什么？不是去圆明园吗？”

“去圆明园怎么走到这里来了？”

“不走这里走哪里？”司机减缓了车速，冷冷地说，“你给我指一条路吧，往哪里走？”

“我也不知道该走哪条路，但我感觉着不应该这样走。”他将态度缓和下来，说，“你们干这行的，当然比我路熟。”

“知道吗？”司机轻蔑地说，“我给你们抄了近路，起码少跑了三公里。”

“谢谢。”他连忙说。

“我原本是想收车回家睡觉的，”司机说，“这样的大雨天，谁还在外边跑？我是可怜你们……”

“谢谢，谢谢！”他说。

“我不黑你们，”司机说，“多给十元吧，你们运气，碰上了我这样的好人，如果……你们如果嫌贵，现在可以下车，我一分钱也不要。”

他看看车窗外昏暗的天地，说：“兄弟，不就是十元钱吗？”

车子冲出小街，拐上了一条更为荒僻的土路。路上已经积存了很深的浊水，车子在积水中发疯般地冲刺着，溅起的雨水泼洒到路两边湿漉漉的树干上。司机低声咒骂着，不知是骂路还是骂人。他憋住火不敢吭气，心中充满不祥的预感。

车子从土路上挣扎出来，上了明亮的水泥路。司机又骂了一阵，然后猛一拐弯，就将车子停在了一座敞开的大门前。

“到了吗？”他问。

“这是小门，进去不远就是西洋景，”司机说，“我知道你们主要是想看西洋景。”

他看看计价器上打出来的数字，又加上了十元，从铁丝格子里递过去。

“我可没有发票。”司机说。

他没有理睬他，推开车门钻到外边。他等待着她从这边钻出来，但她却从那边钻出去了。

司机掉转车头走了。他低声骂了一句，骂完他感到对这个司机不但没有恶感，反而有些许好感。

雨还在下，路边的树木叶片鲜明，干净得可爱。她站在雨里，面色苍白，目光迷离。他拉了一下她的胳膊，说：“亲爱的，走吧，前面就是你的沈园。”

她顺从地跟随着他进入园门。道路两侧的商亭里，小贩们热情地叫卖着：

“雨伞，雨伞，最漂亮最结实的雨伞……”

他走过一个商亭，买了两把雨伞，一把红色的，一把黑色的。然后他到售票处买了两张票。售票员生着一张粉团般的大脸，两道眉毛文得像两条绿色的菜虫子。

他问：“你们这里几点关门？”

“这里永远不关门！”粉团大脸说。

他们举着雨伞走进圆明园。他举着黑伞走在前面，她举着红伞随在后边。雨点抽打着伞布，发出嘭嘭的响声。有三五成群或是成双成对的游人从他们对面走过来。有的举着花花绿绿的伞缓缓地走，有的没举伞，在雨中仓皇地奔跑。

“我以为只有我们两个有病……”话一出口他就感到非常后悔，于是就赶紧地说，“不过确实非常有意思，如果不是下这样的大雨，这里每天都是人满为患的。”

他很想说一句，“今天的圆明园属于我们俩”，但又是话到嘴边憋了回去。他们沿着弯曲但明净如镜的小路往前走，路边的池塘里，生长着许多半大的荷叶与蒲草，几只蛤蟆在水边蹦跳着。

“太好了！”他兴奋地叫起来，“如果再有一头在塘边吃草的水牛，如果再有一群在塘边游动的白鹅，那就更妙了。”他亲切地看着她的苍白的脸，感动地说：“你的感觉从来就是最好的，如果不是你，我这辈子也见不到这样的圆明园。”

她长长地叹了一口气，说：“这不是我的沈园。”

“不，这就是你的沈园，”他感到自己像在一出戏里表演一样，用含义深长的腔调说，“当然，这里也是我的沈园，是我们的沈园。”

“你还会有沈园？”她的目光突然变得锐利无比，刺得他几乎无地自容。她摇摇头，说：“沈园是我的，是我的，你不要来抢我的沈园。”

他感到刚刚兴奋起来的心情顿时变得沮丧无比，眼前的景色也变得索然无趣。

“你踩死它们了！”她突然惊叫了一声。

他下意识地往路边一跳。她用更加凄厉的声音喊叫着：“你踩死它们了！”

他低头看到，路面上蹦跳着成群结队的小蛤蟆。它们只有黄豆般大小，但四肢齐全，十分袖珍。在他走过来的地方，无数被踩扁了的小蛤蟆的尸体鲜明地标出了他的脚印。她蹲在地上，用手指拨弄着那些蛤蟆尸体。她的手指泛白，指甲灰暗，指甲缝里满是污垢。一丝厌恶之情从他的心底像沉渣一样泛起，于是他就用嘲讽的腔调说：

“小姐，你踩死的并不比我少，是的，你踩死的不比我少。尽管我的脚比你的脚大，但你的步子比我小，因此你不比我踩死的少。”

她站起来，喃喃自语着："是的，我不比你踩死的少……"她用手背擦了一下眼睛，说："蛤蟆，蛤蟆，你们为什么这样小……"然后她就泪眼婆娑了。

"行了，小姐，"他心中厌恶，却用玩笑的口吻说，"世界上还有三分之二的劳动人民在水深火热中挣扎呢！"

她用汪汪的泪眼盯着他说："它们这样小，但它们的胳膊和腿都长全了呀！"

"再全不也是蛤蟆吗？"他抓住她的胳膊，拉着她往前走，她将雨伞扔在地上，用另一只手努力地剥着他的手。

"为了几只蛤蟆，我们总不能在这里过夜吧？"他松开她的手，愤愤地说，但他从她的眼神里看到他无法强制她踩着蛤蟆前进。他收起雨伞，脱下衬衣，提在手里抡动着，驱赶着地上那些令他厌恶无比的东西。小蛤蟆四散奔逃着，终于闪开了一线干净的道路。他拉着她，说："赶快走！"

他们终于站在了废墟前面了。雨基本上停止了，天色也略显清明，他们收了雨伞，爬上了一块曾经被工匠们精雕细琢过的巨石，他将衬衣用力地拧了拧，抖了抖，穿到身上。他不无夸张地打了一个喷嚏，期望能引起她的关切，但她对此毫无反应。他自我解嘲地摇摇头，然后就像所有的登高望远的人一样，努力扩展开胸膛，大口呼吸着新鲜空气，心情如雨后的天空一样，渐渐变得晴朗起来。这里的空气实在是太好了，他想说，但没有说。偌大的园子里似乎只有他们两个人，这的确有点像个奇迹。他用很好的心情观看着前面的废墟。它们是那样的著名，是那样的深入人心，它们出现在多少人的镜头里，出现在多少人的诗句里，但现在它们是这样平凡。它们默默无言，但似乎又在倾吐着千言万语，它们是沉默的石头巨人。在废墟的面前，二百年前的喷水池里，现在许多他叫不出名字的野草从石头缝隙里顽强地钻出来。

他们相互援着手，爬上了一块更高更大的石头，清凉的风吹过来，身上黏湿的衣服渐渐干爽，她的黑裙的裙角在微风中开始飘动。他用手抚摸着被雨水冲洗得十分洁净的石头，鼻子嗅到了一股清冷的气息。他好像发现了一个秘密似的说：“你闻闻，石头的气味。”

她目光专注地盯着那根曾经支撑过高大建筑的圆柱，看样子根本就没听到他的话。她的目光似乎要穿透石头的表面，深入探究里边的内容。这时他看到她鬓角花白的头发，不由得从心底发出了长长的叹息。他伸手捏下了她肩头上的一根落发，感慨地说：“光阴似箭，一转眼之间，我们就老了。”

她没头没尾地冒出一句：“刻在石头上的话是不是就不会变？”

“石头本身也会变，”他说，“所谓的海枯石烂不变心，那不过是个美好的幻想。”

“但是在沈园里，一切都不会变。”她的目光死盯着石头，好像是在跟石头对话，而他不过是个无关紧要的听众。但他还是积极地响应着她的话，大声地说：

“在这个世界上，永恒的东西是根本就不存在的，譬如这座名园，三百年前，当清朝皇帝建筑它时，大概不会想到用不了多久它就会变成废墟，当年皇上和他的嫔妃们寻欢作乐的大厅里的大理石地面，也许现在变成了老百姓猪圈里的垫底石……”

他自己也感到了这些话枯燥无味，与废话没有什么区别，而且他也知道，她连一个字也没听进去，于是他就停止了演说，从口袋里摸出一包被雨水浸湿的烟，从中选出一根比较干燥的，打火点燃。

两只喜鹊追逐着从他们头上飞过去，落在远处的树梢上，喳喳地噪叫着。他想说，鸟儿是多么自由啊，但还是依从了自己的习惯，将到了嘴边的话咽了下去。这时，从她的嘴里发出一声兴奋的尖叫，她的黯淡的眼睛里也同时放出了光彩。他惊讶地看着她，接着就顺着她的手指方向，看到了灰蓝色的天空中，出现了一道艳丽的彩虹。她像个孩子似的跳起来，大声地喊叫着：

“看那儿，看那儿！”

她的愉快马上就感染了他，横亘天际的虹桥使他暂时忘记了黯淡的现实生活，沉浸在孩童般的愉悦中。他们的身体在不知不觉中贴近了。他们的目光亲切地交流着，没有躲闪和回避，没有犹豫和动摇，他们的手十分自然地握在一起，他们的身体同样十分自然地拥抱在一起。

当他从她的嘴里嗅到一股浓浓的淤泥味道时，天际的美丽彩虹已经消失了。废墟里一片苍茫，横倒竖卧的石头上泛起青紫的光芒，显示出许多庄严和狞厉。水草中的虫鸣响成一片，远处传来鹅的叫声。他无意中瞥见了她腕上的手表，时针已经指向七点。他惊慌地说：

“糟糕，你的车是八点开吧？”

（一九九九年）

学习蒲松龄

从我家西行三百里，有一个地方叫淄川。三百年前，在淄川蒲家庄的一棵大柳树下，坐着一个白胡子老头。他的面前摆着一张小方桌，桌上放着茶壶茶碗、烟笸箩烟袋锅。来来往往的人如果口渴了或是走累了，都可以坐在小桌前，喝一杯茶或是抽一袋烟。在你抽着烟或是喝着茶的时候，白胡子老人就说："请讲个故事给我听吧。随便讲什么都行，奇人奇事，牛鬼蛇神……随便讲什么都行……求您啦……"他虽然白发苍苍，满脸皱纹，但眼睛却像三岁孩童的眼睛一样清澈，让人无法拒绝他的要求，何况还喝了他的茶水抽了他的烟。于是，一个个道听途说的、胡编乱造的故事，就这样变成了《聊斋》的素材。这个白胡子老头当然只能是蒲松龄，一个右胸乳下生着一块铜钱大黑痣的天才。

我的爷爷的老老老……爷爷是一个贩马的人，每年都有几次赶着成群的骏马从蒲家庄大柳树下路过。他喝过蒲松龄的茶，抽过蒲松龄的烟，自然也给蒲松龄讲过故事。《聊斋》中那篇母耗子精阿纤的故事就是我这位祖先提供的素材。这也是《聊斋》四百多个故事中唯一发生在我的故乡高密的故事。阿纤在蒲老前辈的笔下很是可爱，她不但眉清目秀、性格温柔，而且善于囤积粮食；当大荒年里百姓绝粮时，她就把藏在地洞里的粮食挖出来高价粜出，娶她为妻的那个穷小子也因此发了大财，并且趁着荒年地价便宜置买了大片的土地，过上了轻裘宝马的富贵生活。唯一不足的是，阿纤睡觉时喜欢磨牙，但这也是天性使然，没有办法的事。

得知我写小说后，这位马贩子祖先就托梦给我，拉着我去拜见祖师爷。祖先骑一匹白马，我骑一匹红马。我们纵马西行，跑得比胶济铁路上的电气列车还要快，一会儿就到了蒲家庄大柳树下。祖师爷正坐在树下打瞌睡，我们的到来把他老人家惊醒了。祖先说："快下跪磕头！"我慌忙跪下磕了三个头。祖师爷打量着我，目光锐利，像锥子似的。他瓮声瓮气地问我："为什么要干这行？！"我在他的目光逼视下，嗫嚅不能言。他说："你写的东西我看了，还行，但比起我来那是差远了！”“蒲大哥，我把这灰孙子拉来，就是让您开导开导他。”祖先在我屁股上踢了一脚，大喝：“还不磕头认师！”于是我又磕了三个头。祖师爷从怀里摸出一支大笔扔给我，说：“回去胡抡吧！”我接住那管黄毛大笔，低声嘟哝着：“我们已经改用电脑了……”祖先踢我一脚，骂道：“孽障，还不谢恩！”我又给祖师爷磕了三个头。

（一九九九年）

茂腔与戏迷

茂腔是一个不登大雅之堂的小剧种，流传的范围局限在我的故乡高密一带。它唱腔简单，无论是男腔女腔，听起来都是哭悲悲的调子。公道地说，茂腔实在是不好听。但就是这样一个不好听的剧种，曾经让我们高密人废寝忘食，魂绕梦牵，个中的道理，比较难以说清。比如说我，离开故乡快三十年了，在京都繁华之地，各种堂皇的大戏，已经把我的耳朵养贵了。但有一次回故乡，一出火车站，就听到一家小饭店里传出了茂腔那缓慢凄切的调子，我的心中顿时百感交集，眼泪盈满了眼眶。茂腔这个不好听的小戏为什么能迷住人？这个问题放下暂且不表，各位看官，不才小子今天就给诸位讲两个关于茂腔的故事。

我们村的人几乎都爱听戏，但喜欢到入迷程度的，大概只有三五家，孙驴头算一家。孙驴头的老婆、儿子都是戏迷，娶来家一个儿媳妇更是一个超级戏迷，这叫做“不是一家人，不进一家门”。有一天傍晚，孙驴头在灶前烧火，儿媳妇站在锅前和面，准备往锅沿上贴饼子。这时，忽听到旷野里传来一声胡琴声，拉的是茂腔的过门。公公和媳妇都把耳朵竖了起来。媳妇说：“爹，您听。”

孙驴头说：“听到了，今晚谭家村有戏。”

媳妇说：“爹，加大火，吃了饭好去听戏。”

孙驴头捏起儿媳妇的脚就要往灶里填，儿媳妇怒道：“爹，老没出息，您想干什么？”

孙驴头看看儿媳妇穿着红绣鞋的小脚，不好意思说，只好和着旷野里传来的胡琴调门唱道：“叫声儿媳莫错怪，误把金莲当火炭儿——”

锅热了，儿媳挖起一团面，放在手里颠巴颠巴，“吧唧”一下子就贴到了孙驴头的额头上。孙驴头大叫道：“媳妇，你干什么？”

儿媳妇看看公公的狼狈相，和着胡琴的腔调唱道：“叫一声公爹莫错怪，误把额头当锅沿儿——”

这个故事过分夸饰，属于民间笑话一类，其真实性值得怀疑。下面讲一个真实的故事。

“文革”后期，我们村来了一支工作队，队员二十多人，全是县茂腔剧团的演员。我们村情况比较复杂，在县里都挂了号，工作队下来，是要帮我们揭开阶级斗争的盖子。自从工作队进村之后，村子里欢天喜地，好像过年一样。因为这些队员里，几乎包括了县茂腔剧团的全部名角。譬如青衣宋丽花，花旦邓桂秀，老旦焦闺英，老生高人滋，小生薛尔名，武生张金龙……都是如雷贯耳的人物，平日里可望而不可即，如今就在我们眼前，与我们同吃同住同劳动，我们的幸福和兴奋，无法子用语言形容。工作队自己不开伙，吃派饭，一般是三人一个小组，挨家轮户地吃。那时生活十分困难，每人每年只分二百多斤粮食，麦子只有二十来斤，也就是够过年包饺子的。但为了让工作队的同志们吃好，家家户户都把过年的麦子拿出来磨了。这是完全彻底的自发自愿，甚至带有比赛的色彩，家家都想做出新花样来，让工作队的同志们吃得高兴。原以为这支工作队与过去那些工作队一样，顶多住十天半月就会撤走，但没想到他们住了一个月还不走。家家那点白面已经消耗得差不多了，想给同志们换成糙饭，一是面子上过不去，二是心里舍不得。因为那些做饭的女人们不管是不是戏迷，都喜欢这些演员。我们生产队会计的老婆是一个麻子，相貌差点，但心肠特热，见到那些演员同志们，尤其是见到男演员同志们，她的眼睛里水汪汪的，感情充沛得要命。为了在没有白面的情况下让同志们吃饱吃好，她充分地发挥了粗食细做的天才，把家里的绿豆、豇豆泡涨轧碎，羼上蔬菜，用棉籽油炸成焦黄的颜色，让同志们吃。同志们吃了都赞不绝口。这种做法很快普及开来，每到做饭的时候，村子里就洋溢着炸丸子的气味。——几十年过去了，这种食品还在我们村子里流传，并且有了一个美丽的名字：茂腔丸子。

给工作队做饭的家庭，必须是贫下中农，表现好的中农也可以。这是一种政治待遇，也是一种荣耀。那些捞不到给工作队做饭的黑五类分子家的女人们，心中的痛苦是十分深沉的。富农王金的女儿王美，人物标致，嗓子也好，是村子里唱戏时的主角。自从工作队一进村，她的眼睛里就始终饱含着泪水。她将自己家里的麦子磨成面粉送到麻子家，让她做了给同志们吃，麻子不领情，还向大队里揭发了她，说她想拉拢腐蚀革命干部。村里想游她的街，但遭到了工作队的反对。她送面不成，就把面粉做成火烧、大饼等精美食品，偷偷地送到工作队同志们的窗前。她曾经对麻子女人说：“婶啊婶，我恨不得把心扒出来给同志们吃了。”麻子女人当然不会替她保密，很快就宣传得全村皆知，工作队的同志们当然也听说了。那个小武生张金龙感慨地说：“她如果不是富农的女儿该有多好！”

小武生短小精悍，目光炯炯有神，走起路来脚下像踩着弹簧。他不但能翻空心筋斗，嗓子也不错，村子里的女人们都喜欢他。尽管他感叹王美的出身不好，但他还是跟王美好了，就在打谷场边的草垛里，被人当场捉了双。小武生立场不稳，中了糖衣炮弹，犯了路线错误，被提前打发回去。有人提议将王美判刑，报到县里，县里说交给村子里批斗。挨批斗时，王美始终面带笑容，看那样子丝毫没有悔意。她的态度激起了以麻子为首的女人们的反感，她们扑上去，一边撕咬一边骂：“撕了你这个浪货！咬死你这个骚狐狸！”

第二年夏天，村子里的女人们在一个月内生了十几个孩子——麻子最能干，一胎生了两个。这些孩子长大后，有的像薛，有的像高，其中有八个都像小武生。他们目光炯炯，走起路来脚步轻捷，脚下仿佛踩着弹簧，天然地会翻空心筋斗。

（二〇〇〇年）

天花乱坠

一

在我的童年印象里，凡是有一条好嗓子的女人，必定一脸大麻子，或者说凡是一脸大麻子的女人，必定有一条好嗓子。当然她的面部轮廓是很好的，如果不是麻子，她肯定是个美女。当然她的身体发育也是很好的，如果遮住她的脸，她肯定是个美女。

有一年春节前夕，青岛的歌舞团下来慰问他们的知青，到我们这里来演出革命现代舞剧《沂蒙颂》。露天的舞台搭在一座小山下，舞台上铺上了崭新的苇席。还特意从公社驻地牵来了一条电线，电线上接了一个大喇叭两个大灯泡，就像一根藤上开了一朵喇叭花结了两个放光的瓜。演出定在晚上，但刚吃过午饭山坡上就钉满了人。舞台前的平地上人更多，闹闹哄哄，拥拥挤挤，活活的就是开水锅里煮饺子。到了傍晚，人更多，全公社的贫下中农和地富反坏右的子女都来了。地富反坏右分子不准来。怕他们趁机搞破坏，便将他们集中到生产队的猪圈里，由手持红缨枪的民兵看守着。演出一开始，民兵们也忍不住了，有的爬到树上，有的爬到房顶上，往舞台的方向看，看不明白，就听音乐。电流一通，电灯就放了光，照耀得天地通明，远看还以为起了一把大火。电喇叭哧啦啦地一阵响，一个青岛来的大胖子上台讲话，拖着长腔，很是张狂。大胖子讲完话下去了。公社的那个小瘦子上来讲话。小瘦子讲完话下去了。一个知青代表上来讲话。知青代表下去了。终于都下去了。

音乐起，像刮风一样，呜呜地响。演出开始了。先是出来几个人在舞台上蹦蹦跳跳，个个活泼，劈腿下腰，一蹿老高，男的像猿猴，女的赛花豹。他们在舞台上蹦来蹦去，打着各种各样的手势，看得我们眼花缭乱，脑袋发晕。但他们一句话也不说，有时候看到他们的嘴唇打哆嗦，好像那话就到了唇边，但最终还是什么也不说。我们起初还觉得新鲜、惊奇，但渐渐地就生出厌烦来。青年们另有关注点，馋得口水流过下巴，但老人和孩子，就齐声抱怨。说这青岛怎么派来一群哑巴，比比画画的，什么意思嘛！就算我们听不懂青岛话，懒得给我们说，但他们的知青总能听懂青岛话吧？大老远地跑了来装哑巴，真他娘的不像话！正当我们失望到极点时，突然从舞台后边发出了惊天动地的声音。俺的个娘，可了不得了！我们兴奋无比，当然也吃了一惊。旁边那些有文化的人就说：听，幕后伴唱！在幕后伴唱的那个女高音激起了我们无穷无尽的联想。她的嗓子实在是太好了，太美妙了，我们活了十几岁，还从来没有听见过这样好听的声音。人的嗓子，怎么能发出如此美妙的声音呢？不像公鸡打鸣，也不像母鸡下蛋；不像鲜花，也不像绿草；不像面条，也不像水饺；比上述的那些东西都要好听好看好吃。难道我们听见的都是真的吗？能发出这种声音的女人会是个什么样的女人呢？她在幕后高声唱道：

“蒙山高，沂水长，俺为亲人熬鸡汤……”几句歌儿从幕后升起来，简直就是石破天惊，简直就是平地一声雷，简直就是“东方红”，简直就是阿尔巴尼亚，简直就是一头扎进了蜜罐子，简直就是老光棍子娶媳妇……百感交集思绪万千，我们的心情难以形容。这时候舞台上的戏也好看了，那个穿着红棉袄绿棉裤的小媳妇也活起来了，她打着飞脚，模仿着一把把往灶里填柴的样子，后边伴唱道："加一把蒙山柴炉火更旺……"她用脚尖点着地走路，拿着个大水瓢，一趟趟地往锅里倒水，后边伴唱道："添两瓢沂河水情深意长……"

第二天，我们一到学校，议论的必然是头天夜里看到的演出，看电影是这样，看舞蹈也是这样。那时候我们的文化生活虽然没有现在丰富，但印象极其深刻，看一次胜过现在一百次。现在的人是用皮肉看演出，当年我们是用灵魂看演出。大家议论最多的毫无疑问是那个幕后伴唱的女高音，竟然就有人说了：她是个身材高大的女人，一脸黑麻子，非常难看，但她的嗓子是一等一的好，是无法替代的好，全青岛找不到第二个，于是就给她安排了一个幕后伴唱的角色，这也算是废物利用吧。张小涛说他到后台去看过，说那个女人坐在一把椅子上，身上裹着一件军大衣，戴着一个大口罩，把大部分的脸都遮了，只露出两只眼，目光十分严肃，谁都不敢惹她的样子。说轮到她伴唱了，就慢吞吞地站起来，从耳朵上摘下口罩带子，露出了半个脸，脸上一片黑麻子，嘴很大——这是一个伟大发现，唱歌的或是唱戏的，绝对找不到一个樱桃小口，一个个都是血盆大口——然后她张嘴就唱，没有一点点预备动作，譬如清理嗓子运气什么的。我们学校的音乐教师唱歌之前，一般地都需要十分钟的准备时间，就像运动员上场之前的热身运动，伸伸腿，抻抻腰，呜呜啦啦，一般还要喝上几口胖大海。那是一种中药，据说对嗓子特别地保养，即便你是个天生的公鸭嗓子，喝上几口，嗓门立刻就变得像小喇叭一样，哇哇的，特别嘹亮，特别清脆，无论唱多么高的高音，哪怕比树梢还要高，都不在话下。还是说那个女大麻子，人家张口就唱，那条嗓子，光滑得像景德镇的瓷器，连一点儿炸纹都没有，简直是绝了后了，盖了帽了，没法子治了，只能用天生地养来解释了，除此之外别无解释。后来我进了也算是文艺界，见了一些唱歌的，听了一些别人封的或者是自己吹的金嗓子银嗓子，但都比不上三十年前青岛歌舞团下来慰问他们的知青演出革命现代舞剧《沂蒙颂》时在寒冷的露天幕后披着军大衣戴着大口罩身材高大健壮皮肤黝黑一脸大麻子的那个女人的嗓子好。那个嗓门气冲牛斗的青岛的大麻子女人，你如今在哪里？如果一个人真的有来生，我一定要去苦苦地追求你，就像资本家追求利润一样，就像政治家追求权力一样，就像那个先被财主的女儿追求后来又转过来追求财主的女儿的黑麻子皮匠一样。

二

所谓皮匠，就是补鞋的。这个名称有点古怪，因为在我们那里，很少有人穿皮鞋，补鞋的基本上只跟麻绳子和针锥打交道，但硬把补鞋的叫皮匠，也没人反对。我说的这个皮匠也是个黑麻子，也有一条好嗓子，他不唱歌，他唱戏。皮匠的故事大概发生在清末民初，太早了太晚了都不合适。这个故事是我在棉花加工厂当临时工时，听看门的许老头讲的。许老头说，那个皮匠是外地人，年纪大概三十出头，身体不错手艺也不错，如果脸上没有麻子，应该算条好汉子，可惜让那一脸大麻子给毁了。他白天在街上缝补破鞋，手艺好态度好生意当然就好，生意好收益自然就好。光棍一条，不攒钱，什么好吃就吃什么。到了晚上，回到租住的小店里，要上二两黄酒，用锡壶烫了；切上半斤猪头肉，用蒜泥拌了；再要上两个烧饼，切开用肉夹了。吃饱了喝足了，靠在被窝上养神，这一刻赛过活神仙。许老头特别向往这种生活，每每说到此处，眼睛里就放出光来，但放光也白搭，二两黄酒，半斤猪头肉，两个烧饼，在我们的年代，别说没钱，有钱也不一定能买到，那时酒要酒票，肉要肉票，烧饼要粮票。皮匠酒足饭饱赛过活神仙的时候，小店掌柜的就提着胡琴来了。掌柜的是个戏迷，嗓子不行，但拉得一手好琴，从西皮到二黄，天下的调门没有他不会拉的，即便有不会拉的，只要让他听上一遍，马上就会了。他拉琴时歪着头，眯着眼，嘴巴不停地咀嚼着，好像嘴里嚼着一块没煮烂的牛板筋。掌柜的一来，住店的客人都兴奋起来，围上来，等着听戏。那时的店，多数都是大通铺，大家围在一起，就像一家人似的。真正会唱戏的人其实都有瘾，胡琴一响，他的嗓子就会发痒，你不让他唱他也要唱，只有那些半会半不会的人，才需要别人三遍四遍地请。话说那小店掌柜的在铺前一坐，把胡琴往大腿上一架，拧着旋子，调了两把弦，然后就吱吱咯咯地拉了起来。皮匠起初还绷着，眯着眼睛，装做没事人儿，但很快就绷不住了，嘴唇吧哒，眼睛放出光来，然后就挺身坐起，放开五分嗓子，和着胡琴，唱了一个小段子。众人习惯性地喊了一声好。其实真正好的还在后边呢。只见那皮匠从铺上蹦下来，站在掌柜的面前，舒展了一下腰身，轻轻地咳了一声，然后就目光流动，手指微颤，进入了大戏《武家坡》，第一句西皮导板，“一马离了西凉界——”，正像那俗话说的“穿云裂石，气冲霄汉”，众人发自内心地喝了一声彩，一个个也都进入了情况，忘记了人世间的痛苦和烦恼。接下来转成原板，“不由人一阵阵泪洒胸怀。青是山绿是水花花世界，薛平贵好一似孤雁归来……”他的歌唱像一群美丽的鸟，在我的故乡一百年前的夜空中飞翔；他的歌唱像一股明亮的水，从小店里漫出去，在我的故乡一百年前的大街小巷里流淌。他的歌唱进入一般人的耳朵，基本上等于浪费，所谓对牛弹琴大概就是这么个意思。所以你的嗓子再好，要寻一个知音也不太容易。拉胡琴的小店掌柜和围着他听戏的房客们，顶多也就是一些比较高级的戏剧爱好者，皮匠真正的知音，是一个女人。这个女人，据许老头说是貌比天仙，好看得无法子形容，究竟有多么好看，每个人可以根据自己的需要去大胆地想象，怎么想象也不会过分。这个女人是本地最大的财主的女儿，芳龄十八，待字闺中。这个女子不但长得好看，而且还有出色的艺术鉴赏力，她精通音律，会弹琴吹箫，能赋诗填词，还喜欢听戏。那时没有电视机、录音机之类的东西，所以听戏的机会并不多，而且能到我们那地方来演戏的戏班子，水平一般不会太高，所以说小姐对戏曲的鉴赏力基本上是天生的，小姐对戏曲的爱好也基本上是天生的。话说那天夜里，小姐正在闺房里写诗，突然听到一阵美不胜收的声音，像一群美丽的鸟，像一股明亮的水，穿越了她的窗户，进入了她的房间，准确地说是直接进入了她的内心。那时候还不兴自由恋爱，要想冲破封建礼教的束缚去夜奔不容易，就算是小姐有这个勇气，也没有那个体力。因为小姐的脚裹得格外成功，是本地最著名的小脚，这样的小姐虽然令男人艳羡令女人嫉妒，但实际上是半个残废，一行一动都要丫鬟搀扶，风稍微大一点就站立不稳。那时的道路不好，别说没有水泥沥青路，连稍微平整点的砂石路都比较难找。路边不可能有路灯，连电都没有嘛，手电筒当然也没有。那个年代里人们夜间轻易不出门，万不得已出门，富人家就点一个纸灯笼，穷人家就点一根火把，真正的穷人连火把也点不起，只好摸着黑走。我列举了这些难处，就是为了把小姐夜里偷偷地循着歌唱去找皮匠的可能性排除，然后好让这个故事沿着我设计的道路前进。当然，从根本上说，这个故事还是我在棉花加工厂当临时工时听看门的老许头讲过的，老许头讲述的基本上是事实，让他造谣，他也没那才能。小姐得了相思病，这是老许头说的，不是我的编造。那时候得相思病的小姐比较多，现在得相思病的小姐基本上没有了。在那个封建落后的时代，家里有一个得了相思病的小姐，是一件很不光彩的事情。起初还不知道是什么病，财主夫妻审问丫鬟，丫鬟说，可能是被一个唱戏的给害了。到了夜里，财主夫妻注意听，果然听到了那迷人的歌唱。第二天悄悄地打听，知道了那歌者是一个外地来的皮匠。财主是个善良的人，如果是个恶霸地主，就会派人把皮匠杀了，或是买通官府，捏造个罪名，把他送进大狱。那年头进了大狱十有八九是活不出来的，即便能活着出来，也肯定不会歌唱了。财主知道女儿得了这样的病，感到很耻辱，很愤怒，气头上甚至产生过由她死去的念头。但年过半百，膝下只有此女，还得指靠着她招个女婿来养老，于是就悄悄请医生来治疗。医生装模作样地把了脉，说心病还得心药医，解铃还得系铃人，这样的病，靠药是不可能治好的。眼见着小姐病势沉重，财主夫妻商量，索性就把那个皮匠招来为婿吧，至于面子啦、门当户对之类的就顾不上了。财主装作修鞋，到街上去看那个皮匠，不看不知道，一看吓一跳。回家后对着妻子长吁短叹，说如果把女儿嫁给皮匠，真就把一朵鲜花插到牛粪上了。财主的妻子是个大户人家的女儿，饱读诗书，很有头脑，听了丈夫的话，她的脸上不但不愁，反而浮起了一片喜色。她问丈夫那个皮匠到底有多丑，财主摇着头说，就像咱女儿美得没法子形容一样，那人丑得也是没法子形容，说他三分像人七分像鬼都是美化了他。老夫人大喜道，好了，老爷，咱家闺女有救了。第二天，老夫人化装成一个贫妇，亲自去看了那个皮匠。回来后，她对丈夫说，老天保佑善人，闺女真的有救了。第二天，财主夫妻对女儿说：孩子，我和你爹知道你的心事，事到如今，我们也顾不了许多了，救你的命要紧。我们明天就把那个唱戏的招来家做女婿，但听说这个人长得比较难看，明天，你在帘子里，偷偷地相一相他，相中了马上就拜堂成亲，相不中再做商量。小姐兴奋无比，当天晚上就吃了两个馒头。第二天，财主撒了一个谎，说有许多破鞋，请皮匠到家里去修。皮匠高兴而来。财主让下人找来了几双破鞋，摆在大堂里，让皮匠修着，然后让丫鬟将小姐悄悄地搀扶到帘子后边。小姐心里像揣着一个兔子似的，想好好看看这个朝思暮想的心上人是个什么模样，打眼一望，顿时昏了。皮匠不知帘子后边的事，还在那里得意洋洋地补鞋。小姐的相思病就这样好了。世上没有不透风的墙，财主家发生的故事传进了皮匠的耳朵，皮匠感到好像一块到了口里的肥肉又被人抢走一样，心中无比的遗憾。这个不知深浅的人，竟然每天夜里跑到财主家院墙外边歌唱，想把小姐勾出来。小姐还是喜欢听他的歌唱，但跟他结为连理的念头是彻底地没有了，有的只是纯粹的艺术欣赏。皮匠还不死心，制造了一只小弓箭，箭头上插着一些表示爱心的书信，一箭一箭地往小姐的窗户里射。小姐看了皮匠那些文理欠通、错字连篇的信，心里感慨万千，说，你这人啊，哪怕你的相貌有你的嗓子十分之一的好，俺也就狠狠心嫁给你了，可惜啊！小姐感念皮匠一片真情，也珍惜自己那一段阴差阳错的痴情，就将自己的一只绣鞋用红纸包了，并且附上了一张纸条，纸条上写着“看人不如听声，见鞋胜过见人”，让丫鬟送给他，想用这种方式把这件风流案了结。皮匠得了绣鞋，回去一看，当场就昏倒在地。活过来后，把玩着绣鞋，爱不释手，如获至宝。自知身份地位相差太远，但一片痴心难改，很快就得了相思病。从此后，鞋也不修了，不分白天黑夜，在财主家的院墙外边，歌唱不休，歌词大概是：“小姐小姐好丰采，九天仙女下凡尘。何日让俺见一面，这一辈子没白来……”歌词虽然不错，但好话说三遍狗不要听。财主夫妇烦得要命，想采取果断措施，又怕惹女儿生气，闹出个旧病复发，所以只好由着他唱。秋去冬来，寒风刺骨，大雪飘飘。皮匠被火热的爱情燃烧着，不吃不喝，如同交尾期的鸟儿歌唱不休，终于口吐鲜血，倒在地上死了。

他为了爱情而死。

他为了歌唱爱情而死。

地保带着两个叫花子将他抬到乱葬岗上。叫花子说这个家伙轻得像一节枯木，简直无法想象这样一个熬干了精血的身体，如何还能发出那样凄凉高亢、令全村人长夜难眠的歌唱。棉花加工厂的看门人老许头几十年前对我说，地保被皮匠的事迹感动，为了防止野狗糟蹋了这个天才歌唱家的身体，特意让叫花子在乱葬岗上挖了一个深坑，将他的身体推下去。当他的身体往深坑里跌落时，小姐的那只精巧玲珑的绣鞋从他的怀里掉出来。地保和叫花子感叹几声，便把他和害了他性命的绣鞋埋掉了。

三

自从十八世纪的英国人琴纳发明了牛痘接种法，人类就有了消灭麻子的最安全最有效的方法。但一直过了二百多年，直到中国共产党领导人民群众建立了新中国，接种牛痘预防天花才真正开始全面实行并被广大老百姓接受。从此，天花这种夺去过无数儿童生命的恶症被消灭，麻子也基本上绝了迹。那个在一百年前怀揣着绣鞋死在雪地里的麻子，他的爹娘不给他接种牛痘是可以原谅的，因为那时老百姓对新事物不理解甚至抱抵触态度。也可能是家里太穷，连接种牛痘的费用都没有，或者兄弟姐妹太多，父母照顾不过来，总之是可以原谅的。但那个在三十年前的寒夜里披着军大衣在露天的幕后为舞剧伴唱的女子，她的爹娘为什么不给她接种牛痘呢？她生在新中国，长在红旗下，享受着免费接种牛痘的权利，但她的父母硬是没给她接种牛痘，让她落了一脸大麻子，这样的父母是不可原谅的。当然，如果她不是一脸大麻子，她能发出那样的如泣如诉、如怨如慕、欲生欲死、似甘似苦让我三十年还忘不了的歌唱吗？进一步还可以说，那个皮匠，如果不是落了一脸大麻子，又如何能成为一个悲惨爱情故事中的主角被我们口耳相传而永垂不朽呢？

麻子被牛痘疫苗消灭了，用灵魂歌唱的人被光滑的脸消灭了。

还有一种比较粗俗的传说：说皮匠得了小姐的绣鞋之后，摩挲把玩，春心动荡，可以与《红楼梦》里得了风月宝鉴的贾瑞大爷相比。贾大爷最终死在那面镜子上，皮匠死在那只绣鞋里。还有一种对小姐名声极为不利的说法：皮匠寒冬腊月里赤着下体，将绣鞋挂在阴茎上，在财主家院墙外边，一边高歌一边行走，引来了许多看客，使小姐的名誉受到了极大的伤害。财主忍无可忍，只好雇来杀手，趁着一个风雪之夜，将皮匠给整死了。我在感情上不愿接受这种结局，但既然有人这样传说，只好记下，供大家参考。

（二〇〇〇年）

蝗虫奇谈

一九二七年四月的一天，我爷爷扛着锄头到田里去锄小麦。从头年秋天开始，跨过一个漫长的冬季和一个荒凉的春天，几乎没下一点雨雪。河流干涸，池塘见底，一堆堆蝌蚪干死在臭水坑里。井水落下去一扁担。街道上尘土飞扬。南边胶州岭地人畜饮水发生了困难，早几日已有马车拉着大缸和牛皮口袋来村里拉水。村长马大爷看看村里那口惟一能饮用的井中水日渐下落，便派人手持棍子站在井边护着。任凭那些拉水的胶州人怎么样苦苦哀求，马大爷也不许他们再从井里打水。爷爷扛着锄头走在街上，有人问他：管二，还锄啥呢？麦苗子都能点着火了。爷爷说：闲着心烦，到田里去转转。走进自家的麦田，爷爷感到心灰意懒。他看到那些麦子只有一虎口高，顶上挑着一个苍蝇那么大的穗。完了，爷爷想，大歉收已成，连种子也收不回来了。爷爷对我们说：咱家的麦子还是长得好的呢，甭管大小还算有个穗儿，弄好了兴许还能打上半斗“蚂蚱屎”，大多数人家的麦子连穗子都没秀出来就“鸡窝”了。爷爷站在麦田里，放眼望去，看到三县交界处的宽广土地一片荒凉景象。往年这时候，应该是麦浪翻滚、禾苗葱绿，可今年此时，只有那些极其耐旱的茅草和小蓟顽强地挑着一点绿。干旱使土地返了碱，沟畔和荒地里一片银白，好像落了一层霜。爷爷坐在黑土地上，装上了一袋旱烟。苦辣的烟雾呛出了他的眼泪。爷爷的心里比那旱烟还要辛辣。擦擦眼泪，看到眼前那几棵垂死挣扎的野草上，排列着密密麻麻的蚜虫。几只火红色的大蚂蚁扛着蚜虫跑来跑去。爷爷挖了一把黑土，用手攥着。他感到黑土又硬又烫，好像从热砖窑里抓出来的。田野里热浪滚滚，阳光毒辣，令人不敢仰视。高远的天空万里无云，只有在遥远的地尽头，好像有一些似烟似雾的东西在袅袅上升。一声乌鸦叫，声如裂帛。天越旱鸟越少。前几天还有成群的麻雀跟着胶州拉水的马车低飞，这几天也不见了踪影。村子里那眼水井壁上，每天都撞死若干鸟儿，有麻雀，有燕子。为了保持井水的卫生，不得不用一个木轮车的花轱辘盖住了井口。现在麻雀没了，燕子也不知飞到哪里去了。只剩下些黑乌鸦和人做伴。干渴已极的乌鸦经常跟人从桶里抢水喝，但抢到水喝的机会并不多。它们晕头转向地瞎飞着，有的飞着飞着就死了，像石头一样掉在地上。远处响起了枪炮声，不知是谁的军队跟另一个谁的军队打仗。天灾加人祸，百姓在死亡线上挣扎，也就没有心思去管打仗的事。就在这一天，爷爷亲眼看到了大批蝗虫出土的奇景。这种奇景，所有的书上都没有记载。因为是我爷爷亲口所说，所以我深信不疑。

爷爷在他的有生之年起码给我们晚辈讲述过一百遍关于蝗虫出土的情景。

他攥着一把滚热的黑土，坐在麦田里抽烟，不经意地一低头，忽然看到脚前有一片干结的地皮在缓缓升起。他以为自己看花了眼，急忙搓眼定睛，那片地皮还是在缓缓上升。紧接着，那片地皮像焦酥的瓦片一样裂开，一团暗红色的东西长出来，形状好像一团牛粪。爷爷心中好纳闷。他是农业知识相当丰富的人，也不知道地里冒出来的是个什么东西。他蹲起来，仔细观察，不由得大吃一惊。原来那团暗红色的牛粪似的东西竟然是千万只蚂蚁似的小蚂蚱。这些东西虽小，但一切俱全，腿是腿眼是眼，极其袖珍。三步之外看，是一团牛粪在阳光下闪烁着怪异光芒，近前一看，只见万头攒动，分不清个儿。爷爷胆战心惊地看着那团蚂蚱慢慢膨胀，好像昙花开放。他目瞪口呆，不知所措。发现奇迹的兴奋促使他转动头颈想找一个人交流惊叹，但田畴空阔，渺无人烟。地平线犹如一条银蛇在翻腾起舞，阳光炙热如火，高空鸟鸣惊心，军队在远处开枪放炮，没有人来关心蚂蚱出土的事。但我的爷爷还是跳起来，大叫一声：蚂蚱！蚂蚱出土了！

爷爷一声未了，就听到眼前那团膨胀成菜花形状的小蚂蚱啪的一声闷响，向四面八方飞溅。它们好像在一分钟之内就学会了跳跃。顷刻之间，爷爷的头上脸上褂上裤上都沾满了蚂蚱。它们有的跳，有的爬，有的在跳中爬，有的在爬中跳。爷爷脸上发痒，抬手摸脸，脸上顿时黏腻腻的。

初生的蚂蚱很是娇嫩，触之即破。爷爷手上和脸上都是它们的尸体。爷爷闻到了一股陌生的腥臭气。他拖着锄头，仓皇逃出麦田。他看到，在麦垄间东一簇、西一簇，都是如牛粪、如蘑菇的暗红蚂蚱团体从干结的地皮下凸起来，膨胀到一定的程度它们就爆炸。在四周的嘭嘭爆炸声里，低矮的麦秆上、黑瘦的野草上，密密麻麻的都是蠕动的小蚂蚱。有一只小蚂蚱停留在爷爷的指甲盖上，好像故意让他欣赏似的。爷爷仔细地观察着它，发现这个暗红色的小精灵生长得实在是精巧无比。它那么小巧，那么玲珑，那么复杂。能做出这样的东西的，只有老天爷！爷爷浑身刺痒起来，起初他还摸肩擦背，后来便乱蹦乱跳。他的心中，又是烦躁又是恐怖，仿佛身临绝境。尽管远近无人，但他还是又一次大声喊叫：

出土了！出土了！神蚂蚱出土了！

在他的眼前，又有一个马蹄那么大的蚂蚱团在膨胀，随时都会爆炸。他挥起锄头，对准那团蚂蚱砸下去。只听到啪唧一声响，蚂蚱像稀牛屎一样溅出去。锄刃也从锄钩上脱下来。低头捡锄刃时，他又一次嗅到了那股陌生的腥气。他被那腥气熏得迷迷糊糊，一手捏着锄刃，一手拖着锄杠，六神无主地往村里走去。他目光迷茫，丢魂落魄，嘴里念叨着：毁了，这下毁利索了，神蚂蚱出土了……

爷爷带回村的消息令村里人更加惶惶不安。那时我们的村子很小，只有十几户人家，一百多口人。当下就有人跑到田野里去看究竟。我父亲对我们说他也跟去看了，那一年他才五岁，刚刚有了记忆力。他们没看到蚂蚱出土的奇观。他们只看到在耀眼的阳光下，被干旱折磨得死气沉沉的田野突然活了。所有没死的植物上都有蚂蚱在跳跃，一阵阵细小但是极其密集的窸窣声在茫茫大地滚动。观看的人都感到浑身发痒，眼花缭乱，说不清哪里不舒服。

从田野里观蝗归来，父亲看到他母亲也就是我们的奶奶在堂屋里摆起了香案。两根蜡烛三炷香，烛火跳跃，香烟缭绕，鬼气横生。奶奶跪在香案前，嘴里念念有词，然后磕头不止。奶奶说蚂蚱就是皇虫，是玉皇大帝养的虫。造字的人在“皇”字边上加了个“虫”字，就成了“蝗”虫。蝗虫就是皇虫，皇虫就是蚂蚱，翻过来也一样。

几天后，东南风浩浩荡荡，大团的乌云也滚滚而来。空气变得潮湿了，傍晚时村前的池塘里散出恶臭。被褥黏腻，跳蚤肆虐，爷爷难以入睡。他对我们说那年的一切都不正常，人们总感到大祸就要临头。蚂蚱出土以后，田野更是一片白地，连那些硬草棍儿也被啃光了。那些小神虫牙口可真好。爷爷说，前几天村里还有人到八蜡庙里去烧香磕头，乞求它们能够口下留情，事实证明，这种活动毫无用处，它们根本不领这份情。男人们对女人的迷信活动不管不问，他们知道地里已经没有什么东西可供神虫们吃了，求不求都一样。它们总不能吃土吃人吧？吃光了能吃的，它们就该迁移了。

东南风一起，人们有了希望，但也有了忧虑。希望能下一场透雨，好种上秋苗。令人忧虑的是那些把草梗都啃光了的蝗虫们恋恋不肯离去，就好像等待着啃秋苗似的。

爷爷睡不着，便到院子里踱步。东南风吹着人的胸膛，破窗户纸在他身后啪啪地响着。风里满是腥气，有土腥、水腥，更多的还是那种令人作呕的蚂蚱腥。雨来了，雨真的要来了。尽管有蝗虫在，但被干旱熬苦了的村民们还是兴奋异常。雨越来越近了，天边上已经有了抖动的电光。爷爷知道那不是兵们在打炮，而是雷公在摇晃手中的破扇子。爷爷暗中祷告：希望天老爷能下一场特大暴雨，抽打死那些害人虫，同时也就解了土地的干旱。

那夜果然下了大雨，雨里还夹杂着杏核大的冰雹。村民们都欢欣鼓舞，感谢老天爷，既解了酷旱，又消灭了害人虫。但天亮后到田野里一看，才知道事情并不像人们想象的那样乐观，雨水和冰雹的确要了一些蝗虫的小命，但更多的蝗虫却在茁壮地成长。它们在雨后的数天里，便把各自的身体扩大到和大粒的花生米相似。它们一个个生龙活虎，腻腻嫩嫩，肉感强烈，令人望之生畏。现在，满眼都是它们蠢蠢欲动的身体。那么多的触须在抖动，那么多的眼在闪烁，那么多的肚子在抽搐。喝饱雨水的大地，为苦熬了一冬一春的植物提供了极好的生长机会，所有的植物都在萌生新叶，所有的种子都在破土发芽。但是，新长出的一切，都变成了蝗虫们的美餐。它们决不挑食，它们不怕中毒，无论是有怪味的薄荷，还是有剧毒的马钱草，只要是从地里冒出来的，就啃吃干净。它们龇着两瓣紫色的大牙，嘴里喷吐着绿色汁液，让田野里洋溢着腥臭。蝗虫的气味毒化了空气，粉碎了人们的勇气。

雨后的大地依然光秃秃的，生出来的绿叶还不够填蚂蚱爷的牙缝。植物们生了气，去你妈的，我们不往外长了，看你们还怎么吃。有本事你们变成蝲蝲蛄，钻到地下来吃我们的根。它们说不往外长就不往外长了，蝗虫们也有些焦躁不安了。它们焦躁不安的表现就是由田野往村子里转移。它们爬墙上屋，吃光树上那些新叶就开始啃树皮。风传丰村头上李大人家的小儿子被蝗虫们啃掉了半个耳朵。对这个问题，爷爷持否定态度。他说：蝗虫的确很凶，但也没凶到啃人耳朵的程度。

村头的八蜡庙里和村后的刘猛将军庙里的香火又大盛起来。

据爷爷讲，八蜡庙的正神是一匹像小驴似的大蚂蚱，塑得形象古怪，人头蚂蚱身子，令人望之生畏。刘猛将军庙的正神自然是刘猛。我查了资料，得知刘猛是元朝吴川人。曾授指挥职，带兵剿灭江淮盗贼，乘舟凯旋，正值蝗虫成灾，民不聊生。刘猛率队灭蝗，但越灭越多，气得他投江自杀。有司奏于朝，授刘猛将军之职，列入神位，专门负责为民驱蝗。但我感到这里边有矛盾：既然蝗虫是玉皇大帝养的家虫，那刘猛灭虫不是要遭天谴吗？怎么还给他加官晋爵呢？这事说不清楚，我们不去管他，我们还是说蝗虫的事。老百姓对付蝗虫，就像朝廷对付老百姓一样，有收买有镇压，软一手，硬一手。有时单用一手，有时软硬兼施。

我们村对付蝗虫的手段是抚慰。先是在八蜡庙里烧香磕头，供献香草，看看无效，又到各家凑了点钱，在村中搭起戏台，请来一个草台班子，为蝗虫们献上了三台大戏。说是为蝗虫献戏，其实还是演给人看。我父亲是那三台大戏的最热心的观众。几十年后他还对当日情景记忆犹新。他说那三台大戏是：《陈州放粮》、《捉放曹》、《武家坡》。父亲对我们说当年演戏的盛况，四乡的百姓都来看戏，台下人山人海。儿童的印象总是放大的。我不相信在当时的情况下，荒凉的高密东北乡能集合起“人山人海”。在我的想象中，六十年前的那场为了蝗虫们的演出大概是如下的情景：在空旷的原野里，搭起一个低矮的土台子，台上活动着几个涂脂抹粉的人物，台下坐着或是站着几个无聊的闲人，还有十几个孩子，其中那个头上扎着抓鬏的就是我的父亲。在演出的过程中，那些蝗虫就蹦到舞台上，蹦到演员们的脸上，有的还蹦到演员们的嘴里，让他们无法开口唱戏。

也许是百姓的真诚感动了蝗虫，也许是刘猛将军的钢鞭发挥了威力——最可靠的解释是蝗虫们同心协力地把我们高密东北乡吃成了“白茫茫大地真干净”——它们终于开始迁移了。这又是一个奇观。看到这个奇观的就不止我爷爷一个人了。十几个村中的老人，包括我的父亲，都给我讲述过蝗虫过河的情景。

我们村子后边是一条胶河，村子前边是一条顺溪河，蝗虫们要迁移，必须越过这两条河流。大雨过后，河里又有了半人深的水。蝗虫们当时都有三厘米左右长，脑袋硕大，背上背着两个“小包袱”（发育中的翅膀），正处在既笨又丑的跳蝻阶段。让我们听听它们是怎样越过河流的。

据说，那天，村里人都站在河堤上，观看蝗虫过河。人们先是听到田野里响起了低沉的嘈杂声，然后便看到田野里抽搐起来。光秃秃的土地上翻滚着蝗虫的浊浪。蝗虫结成浪，一浪接一浪，涌到河边来。小孩子们生怕大人看不到似的大叫着：来了来了，蚂蚱神来了！这时，河里是滚滚的流水，蓝色水；河外是蝗虫的浪涌，红色浪。大人们面色如土，痴呆呆地看着那蝗虫的长浪追逐着涌上河堤。飒萨洒撒，沙煞嗄唼……一批接着一批，一列跟着一列，几千几万匹压着几千几万匹，层层叠叠，层出不穷。爷爷心有余悸地说：如果蝗虫吃土，吃掉一条河堤也不算难事。

目睹了蝗虫过河情景的老人们补充说：蝗虫们互相搂抱着，数不清的嘴巴里往外喷吐着黑绿色的汁液，濡染着数不清的蝗虫兄弟。数不清的蝗虫肢体相互摩擦着，发出惊心动魄的巨响。在河堤上看热闹的人都吓破了胆，想逃跑，但是腿脚酥软，挪不动脚步。

话说那蝗虫的长龙在河堤上停顿了一会儿，好像整顿队伍一样。龙体眼见着就收缩，变得坚硬、紧密，像一根根粗大松木，轰隆隆地响着，滚到河里去了。河中顿时水花四溅，河面上远远近近都响起了水面被龙砸破的声音。时当一九二七年五月十八日，中华民国战火连天，弹痕遍地；官僚趁火打劫，贪赃舞弊，苛捐杂税多如牛毛；土匪风起云涌，兵连祸结，疫病流行；老百姓在水深火热里挣扎。

蝗虫们在河水中翻滚着，犹如一条条长龙。原本如蓝缎子似的河水此时变得千疮百孔。满河色彩，浊浪腾起，一片欢腾。

它们在众人的密切注视下靠近对岸，然后突然迸裂，分散成千千万万的个体，顿时改变了对岸河堤的颜色。

最终，它们消失在对岸的茫茫原野里。众人长吁一口气，心中好似一块石头落了地，但同时又感到怅然若失。

当天下午，爷爷便到地里去播种。

半个月后，青翠的小苗子给大地披上了一层轻薄的绿装。接下来的日子里，天遂人愿，风调雨顺。到了古历的七月份，高密东北乡的广袤大地变成了绿色的海洋。虽然麦季颗粒无收，但只要不出意外，再过两个月，丰收的秋季足可以解决百姓一年的嚼谷。

谁也不敢乐观，春天时神赐在胶河对岸的蝗虫们留下的巨大阴影，始终笼罩在高密东北乡上空。对蝗虫的恐怖像石头一样压着百姓的心，当然也压迫着我爷爷的心。

在劫难逃。

蝗虫们卷土重来那天，是农历的八月初九。那天阳光很好，天空很蓝，鸟儿很多。满坡的高粱都晒红了米。秋风吹拂，高粱前呼后拥，宛如大海的波浪。爷爷用木轮车往田里运粪，他一手扶住车把，另一手提着长鞭，不时地抽一下在前头拉车的黑毛驴。推车送粪不用赶牲口，这是爷爷的绝活，村子里只有他一个能，别人不能。爷爷推了几车粪，天已近正午。他突然感到一阵莫名其妙的心烦意乱。拉车的黑驴也横冲直闯，不听招呼，好像被什么猛兽惊吓了似的。木轮车在驴子的斜拉下歪倒了。倒了车子，对爷爷来说，是一个莫大的耻辱。他扔开车把，挥起鞭子，正要教训毛驴，忽然看到从西北方向的天空飘来了一片暗红色的厚云。爷爷心中一惊，手中的鞭杆落在地上。转瞬之间，那片红云便飞到了村子上空，又迅速地移到了田野上空。爷爷听到那团红云里发出了咔咔嚓嚓的巨响，好似甲胄摩擦之声。那团红云转了一会儿，好像进行地面侦察似的，然后，便猛然炸开，一天黄雨，万千金星，箭矢般落了地。眼前的一切，红色的高粱、金黄的谷穗、绿色的树木，都变成了刺目的红褐色。毛驴将硕大的头颅钻到车子下边，屁眼里汩汩地往外蹿着稀屎。田野里有十几个农人惊慌失措地奔跑着，一边跑一边恐怖地喊叫着：“回来了……蚂蚱神回来了……”

爷爷僵立着，像一棵枯死多年的树木。两行热泪从他的脸上淌下来。

第一批是先头部队，随着它们的降落，大批的蝗虫源源不断地飞来。天空中翻滚着一团团毛茸茸的云，无数的翅膀扇动，发出令人胆战心惊的巨响。天空昏黄，太阳被遮没，腥风血雨，宛若末日降临。

村民们惊魂稍定之后，纷纷跑到自家的庄稼地边，敲打着铜盆瓦片，挥舞着扫帚杈杆，大声呐喊，希望蝗虫们害怕，不要在这里降落。但蝗虫们根本不害怕，它们依然铺天盖地降落下来。数月不见，它们背上已生出发达的翅羽，后腿变得坚强有力，春天时柔软的肢体现在好像用铁皮剪成的一样。它们疯狂地啃嚼着，田野里响起急雨般的声音，满坡丰收在望的庄稼转眼间便消失了。

爷爷说：春天时它们是往肚子里吃；现在它们不吃，只是咬，咬断就算完。前者是为了生存，后者仿佛存心破坏。见识过飞蝗之后，回想起春天时的跳蝻，才感到它们实在是温柔善良。

天过早地黑了，大批的蝗虫还从西北方向往这里增援。它们到底有多少部队？好像永远不会穷尽。偶尔有一缕血红的阳光从厚重的蝗云缝里射下来，照在筋疲力尽、嗓音嘶哑的人身上。人脸青黄，相顾惨淡。就连那血红的光柱里，也有繁星般的蝗虫在熠熠闪烁。

入夜之后，田野里滚动着节奏分明的嚓嚓巨响，好像百万大军在操练。人们关闭门窗，躲在屋子里，忧心忡忡地坐着，连小孩子也不敢入睡。人们听着田野里的声响，也听着冰雹般的蝗虫敲打房顶的声响。村庄里的树枝咔吧咔吧地断裂着，它们被蝗虫压断了。

第二天，人们费劲地推开房门，看到村里村外都被蝗虫覆盖了。片绿不存，连房檐上的枯草都被啃光了。蝗虫充斥天地，俨然成了万物的主宰。

既然它们把可吃的东西全都吃光了，村民们也就不害怕了。你们总不能吃人吧？！在爷爷的号召下，村民们被动员起来，与蝗虫展开了大战。他们操着铁锹、扫帚、棍棒，铲、拍、扫、擂。他们越打越愤怒，越愤怒越打。蝗虫啃草木充满了破坏的快乐；村民们打蝗虫充满了杀生的快乐，充满了报仇雪恨的快乐。但蝗虫是打不完的，人的力量却是有限的。死亡的蝗虫堆集在街道上，深可盈尺。被人的脚踩得吱吱唧唧响，黑汁四溅，腥臭扑鼻，令大多数人呕吐不止。

爷爷说村里有个名叫五乱子的人在村头上点燃了一

个柴草垛，烟柱冲天，与蝗虫相接；火光熊熊，蝗虫们纷纷坠落。村人们添柴加薪，增大着火势。柴草烧光了，就往里投木料，木料投完了，就卸下了家里的门板。为了与蝗虫斗争，我们的先人豁出一切。我们不求八蜡发善心，不求刘猛显神威，要保护老百姓的庄稼地，全靠我们自己。人们还把那些死蝗虫用铁锹铲进火里去，于是油烟滚滚，恶臭冲天，几个老人当场晕倒，并且再也没有醒过来。

十几天后，像来时一样突然，遍野的蝗虫消逝了。它们去了哪里？谁也不知道。只余下光秃秃的树木和坚硬的植物根茎在秋风里瑟瑟颤抖。

蝗虫，这种小小的节肢动物，一脚就能踢死一堆的小东西，一旦结成团体，竟能产生如此巨大而可怕的力量，有摧枯拉朽、毁灭一切之势，号称万物灵长的人类，在它们面前，竟然束手无策，这里隐藏着发人深省的道理。

蝗虫，这肮脏的昆虫，总是和腐败的政治、兵荒马乱的年代联系在一起，仿佛是乱世的一个鲜明的符号。这里同样隐藏着发人深思的道理。

一九二七年高密东北乡的蝗灾，给爷爷们带来了灾难，但也给他们留下了关于这个世界的惊愕印象。爷爷们看到的仅仅是头上的一角天空，实际上，在这一年里，蝗虫像飓风一样横扫了山东大地，又波及了河北、河南、安徽数省，受灾面积近百万平方公里，灾民数百万人。爷爷们亲眼目睹的情景已让我惊讶不止了，更令人惊讶的情景爷爷们没有看到。据一位在胶济铁路上当过火车司机的老人说：那一年，蝗虫伏在铁路上，累累如山丘，挡住了火车的去路，胶济铁路交通中断了七十二个小时。

我们只能想象那惊人的情景了。

（一九九八年）

与大师约会

一

在那次轰动全城的美术展览现场，我们在人群里钻了很久，终于挤到了大师的面前。怀着激动不安的心情，我们前言不搭后语地向大师表达了发自内心的崇拜和五体投地的敬仰。大师用他汗津津的小手与我们因为紧张和激动而汗湿的手一一相握。大师的手给我们留下了难忘的印象，当然，让我们更加难忘的是大师脸上那平易近人的微笑。当我们用颤抖的声音向大师乞求他的电话号码时，大师非常慷慨地摸出了几张名片，一一分发给我们。因为在我们的身后还有更多的崇拜者往前拥挤，大师和蔼地对我们说：

“好吧，朋友们，这里乱糟糟的，改天我们找个清净地方好好谈谈。”

我们顿时感到，大师与我们已经成为亲密的朋友。大师的意思是让我们暂且把前面的位置让开，让他接待后边的人，而这样做，他是不情愿的，场面上的事，没有办法嘛。大师抱歉地对我们点点头，我们便十分理解地撤到了后边。其实根本不需要我们主动后撤，只要我们的身体一松懈，后边的人就挤到了前面，转眼之间，我们就到了人群的最外边。

看完展览的第二天晚上，我们按照名片上的号码，给大师打电话。从话筒里传出来的却是彬彬有礼的电脑应答：对不起，没有这个电话号码。我们感到失望。但没有死心，便按照名片上的号码拨打大师的手机，话筒里传出的依然是彬彬有礼的电脑应答：对不起，您要的用户不在服务区。再打，电脑告诉我们：对不起，您要的用户没有开机。不管是“不在服务区”还是“没有开机”，对我们都是一个安慰，这说明，大师告诉给我们的手机号是真的，起码可以说，这个号码是存在的。手机要不通，我们就拨打大师的呼机。传呼台的小姐用懒洋洋、甜蜜蜜的声音要我们留言。我们交换了一下眼色，不约而同地说：“大师，我们是您的崇拜者，我们想请您出来喝杯咖啡，顺便谈谈看了您的展览之后的感想，请务必回话，满足几个深深地爱您的年轻人的愿望。”

我们从电话听筒里听到传呼小姐手下的键盘劈里啪啦地响着，知道我们一片至诚的邀请正转换成讯号飞向大师腰间悬挂的呼机——如果大师的呼机是挂在腰间的话。小姐问了我们的电话号码，我们告诉了她酒吧的电话号码，然后就开始了满怀希望的等待。

我们等待的地点在距离大师住处很近的一家名叫“蓝帽子”的酒吧里。大师的住处当然也是从大师送给我们的名片上获知的。至于这个地址是不是大师与他的美丽胜过天仙的妻子居住的地方，我们无从得知；大师在这座城市里究竟有几处房产我们当然也无从得知而且也不应该得知，但大师名片上的地址肯定是大师的住处之一则是千真万确的。为此，我们曾经提前进行了侦察。那座戒备森严的公寓楼的门卫虽然毫不客气地把我们拒之门外，但他还是中了我们的计谋，泄露了大师的信息。起初，我们指点着名片上大师的名字，向那个严肃的门卫询问大师是不是真的住在这里，门卫用一副冰冷的面孔和外交家的冷漠口吻说：

“对不起，无可奉告！”

我们早就料到了这一步，于是就按照预先的设计，在大门口转来转去，然后，仿佛是漫不经心地说："他也真是的，那样一个美丽的妻子，不就是跟别的男人睡了一觉吗，怎么舍得用刀子捅呢？听说他的丈母娘带着十几个壮汉来了，把他狠狠地揍了一顿……"

我们一边散布着有损大师形象的流言蜚语，一边偷偷地观察那个门卫脸上的表情。我们想，如果门卫脸上没有表情，说明大师名片上的地址十有八九是假的；如果门卫脸上出现激动或是对我们表示轻蔑的表情，就说明大师的确就住在这栋豪华的公寓楼里。结果比我们预料的还要好，当我们的谣言刚说了不到一半时，就看到那个年轻的门卫把他的上唇翘到了鼻子尖上。然后我们听到他低声地嘟哝着："胡说八道……"

于是我们就像与正在梦中呓语的人搭上了腔一样，瞪着眼对那个忠诚的门卫大喊：

"你凭什么说我们胡说八道？你怎么知道我们是胡说八道？我们的消息都是从公开发行的报纸上看到的，怎么可能是胡说八道？"

"我今天早晨还看到他们两口子在院子里遛狗！"门卫怒气冲冲地说。

"你能担保你没有看错吗？"我们按捺住心中的狂喜，故意地与门卫较劲，"你也许是看错了吧？"

门卫用鼻子哼了一声，表示了对我们的轻蔑后，就把脸扭到一边，眼睛盯着的也许是那棵树干上还缠着草绳子的银杏树，再也不理睬我们。

这样，我们就把约会的地点定在了蓝帽子酒吧。我们平日里粗心大意、自私自利，但这次却一反常态，考虑到了大师的时间宝贵，考虑到了大师的人身安全，考虑到了大师的身体健康。蓝帽子酒吧与大师的住处只隔着一条引水渠道，渠道上架设着一座用钢筋和木板搭起来的小桥，小桥十分牢固，一百个人站在上边蹦跳也绝对不会塌陷，小桥两边焊着钢管栏杆，如果不想跳河自尽，安全是绝对有保障的。大师如果愿意跟我们见面，从他的住处走出来，用不了十分钟，就可以与我们坐在一起。

发出呼叫信息后，我们耐心地等待着回应。我们心中回忆着大师和蔼的面孔和亲切的许诺，心中满怀着希望。吧台上的电话每响一次，我们就像豹子扑羚羊一样蹿过去一次，但每次的结果都是失望。时间过去了一个小时，我们决定，斗胆再给大师打一次传呼。这次，我们对寻呼台的小姐下达了急呼三遍的命令，尽管我们怀疑小姐是不是会不折不扣地执行我们的命令，尽管我们担心这样的呼叫方式会让大师感到不快，但急于与他相见的心情使我们顾不上这些细枝末节。

急呼三遍之后，我们又等待了一个小时，大师依然没有回应。酒吧里拥进来一批摩登少年。他们有的留着披肩的长发，有的剃着泛青的光头。她们有的剪成寸长的、看起来乱糟糟的刺猬头，有的将长发染成了五颜六色，乍一看还以为把染料碟子扣在了头上。我们马上想起，附近有一所著名的艺术院校，这些人，肯定是这所院校的学生。他们一进来，宁静安谧的酒吧就变成了喧闹的市场。他们根本不征得酒吧老板的同意，就把四张桌子拼在了一起，看样子不是仗着人多势众欺负店家，就是这里的常客宾至如归。一阵杂乱的响声过后，学生们围桌而坐，桌子中央的蜡烛放出红光，把他们的脸映红了。我们自惭形秽地缩在墙角的一张桌子周围，屏住呼吸，保持着沉默，即便是说话，也尽量地压低嗓门，生怕引起他们对我们的厌恶。在这个城市里，像我们这样的没有文化的次人类，要想热爱艺术，必须小心翼翼，否则就要让人耻笑甚至带来祸殃。我们等待着大师的回应，尽管失望的情绪越来越重，但还是盼望着能够出现奇迹。如果大师出现在酒吧里，与我们坐在一起，那该是什么样的效果啊！我们相信，眼前这些艺术学生，可能分不清麦苗子和韭菜，可能分不清骡子和毛驴，但他们肯定能从茫茫人海里，一眼就把大师认出来。

我们很快就听明白了，学生们聚集在这里，是为那个头发像火焰、面色如焦土、眼神像老猫、嘴唇如锡箔的女孩过二十岁的生日。酒吧的服务小姐端上来一个插满了红色小蜡烛的大蛋糕，他们起立，大声唱起那首连狗都会唱的生日歌曲，然后就是那个女孩子把嘴巴噘起来，用一口长气，将二十支蜡烛通通吹灭。学生们一阵欢呼，欢呼中还夹杂着几声锐利的口哨。然后他们就开始吃蛋糕。这群学生本来与我们没有任何关系，但他们吃完蛋糕之后的话题，却将他们与我们联系在一起。

“金十两这个杂种。”一个光头男生竟然把大师光辉的名字和杂种联系在一起，引起了我们心中的不快。他喝了一口啤酒，嘴唇上挂着啤酒泡沫，大不敬地说：“真是色胆包天！”

“什么呀！”一个刺猬头女生娇声娇气地说。

“金十两的‘幸福生活展览’呀，没去看？”

“不就是卖人肉吗？恶心，没劲！”

“不不不，美眉，您太优雅了，”一个小个子男生将滑到鼻尖上的大眼镜往上托了托，严肃地说，“这是一次艺术革命，非常非常值得一看，如果不看，必将后悔终生！”

“夸张吧？”

“有这么严重吗？”

“不就是后现代吗？”

“行为艺术，其实也是作秀。”

“恰好是对比比皆是的、令人厌恶的、触目惊心的作秀现象的一次抗议和反叛！”

“他成功地将神圣和凡俗、高贵和低贱、爱情和肉欲嫁接在一起。”

“他推倒了私人空间和大众空间之间的最后一堵墙壁，是真正的先锋。”

“我看他是把性表演和艺术混合在一起。”

“把色情合法化。”

“把卖淫合法化！”

“言重了，同志！”

“把红灯区开进了美术馆。”

“把美术馆变成了桑拿浴！”

“按摩。”

“洗头。”

“洗脚。”

“不管你们怎么说，这是本世纪先锋艺术的一次最骇世惊俗的表演。”

“超级秀！”

“不管你们怎么想，老金这一次算是一举成名了。”

“名利双收，金钱和名声滚滚而来。”

“无耻！”

“无耻者无所耻！”

“不择手段。”

“成功者从来就是不择手段的，万里长城下边，是累累白骨。”

“太深刻了吧？这是我的生日，不是我的葬礼！”

……

二

我们完全没有想到能在世纪末看到这样精彩、这样不同凡响、这样让人惊心动魄、这样让人百感交集的展览。我们三人，原本是在美术馆前的斜街上无所事事地闲逛来着，但美术馆售票窗口前拥挤的人群和那两辆“雪铁龙”警车引起了我们的注意。我们虽然没有文化，但我们是三个热爱艺术并时时刻刻梦想着一举成名、然后就金钱滚滚、然后就美女成群、然后就过上了花天酒地的后中产阶级生活的无业青年。我们之所以有这样的想法，是因为有很多与我们差不多一样的人为我们树立了光辉的榜样。因为有了这样的抱负和理想，我们的无所事事东悠西逛就有了深刻的意义。我们是在体验生活，我们是在寻找灵感。美术馆前那个每天下午都来卖唱的外地歌手赵一是我们的知音；我们也是他的知音。他经常用卖唱得来的钱请我们三个到路边的小饭馆里吃拉面，有时候也要上几瓶啤酒，几个小菜。几杯啤酒下肚后赵一就情绪激动，说着说着就唱起来。如果饭馆里没有别的顾客，店家不干涉我们；如果店里还有别的顾客，店家就很客气地请我们降低调门。我们的窃窃私语也完全是围绕着艺术的。在交谈中我们发现，其实我们对祖国的艺术状况十分熟悉。举凡美术、音乐、文学、影视各界的名人泰斗和后起之秀，几乎没有我们不知道的。我们的渊博把我们自己吓了一跳，鬼知道我们是如何地掌握了这样多的知识。如果我们不谦虚，完全可以以文艺界的知识分子自居，但我们比较谦虚，在人前人后还是以没有文化、但正在努力学习的艺术青年的面貌出现。

我们正要挤到售票窗口前看个究竟时，赵一却满头大汗地从人群里挤出来了。他的手里高举着几张票，好像捏着几只鲜活的蝴蝶。我们看到他的时候他也看到了我们。究竟是谁的展览能让这样多的人冒着酷暑来抢票呢？没等我们把心中的疑问表达出来，赵一就怒气冲冲地说：“你们这三个混蛋，死到哪里去了？”

“发生了什么事？”

赵一指着在美术馆大门一侧的墙壁上贴着的那张粉红海报，说：“大师的画展，今天是第一天，大概也是最后一天。”

我们还想问个明白，但赵一把票子分到我们手里。他带领着我们，急匆匆地向展厅跑去。

大师的画展布置在美术馆辽阔得如同广场的地下展厅里，我们沿着潮湿的台阶深入下去时，仿佛进入了海底世界。

一进展厅，首先扑入我们眼帘的，是一张放大得如同台球桌子那样大的结婚证书。大师的名字和他的爱妻的名字每个字如篮球般大，让我们过目难忘。绕过了结婚证书，就是大师和他的爱妻的结婚照。照片放得比他们的结婚证小一点，但还是需要我们蹦跳起来才能摸到他们的头顶。在这张照片上，身穿礼服、胸前插着花朵的大师和他的身披洁白婚纱、头上缀满花朵的爱妻紧紧地依偎在一起，他们的幸福表情使他们的脸显得很不真实，仿佛用蜡塑成的艳丽苹果。这张照片让我们心中感叹不已，嗨，看起来大师也不能免俗，竟然拍出这样的结婚照，而且还有点恬不知耻地放在大厅里展览。我们是几条野狗一样的光棍汉，不是我们不想结婚，是我们不愿意像俗人一样地结婚。在我们的心目中，所有的艺术家，只要是成了大师级别的，在对待婚姻和女人的问题上，就不应该和常人一样，否则你算什么大师呢？想想人家凡·高，想想人家毕加索，想想人家歌德……我们不得不承认，看到了大师和他的爱妻结婚照的那一瞬间，我们心中充满了失望，我们甚至怀疑那些排队买票的人跟我们看的是不是同一个展览。

当我们把疑问的目光投向民歌手赵一时，赵一却仿佛是胸有成竹地引导着我们绕到了结婚照的后边，于是，一个崭新的世界突然地出现在我们眼前。我们的血液凝固了，但马上就沸腾起来。我们感到心脏像擂鼓一样，呼吸像铁匠炉的风箱一样，腿软得像猴皮筋一样，互相搀扶着才没有晕倒在地。这可是一个惊心动魄的造型。是大师和他的爱妻赤身裸体地站在那里，比巴黎的蜡像馆里的蜡像还要逼真，仿佛能听到他们的呼吸，仿佛能感受到他们的体温。尽管大师的身体也大概可以用雄伟来形容，尤其是他的生殖器官正处在膨胀的状态，很有些生气勃勃的意思，但我们的目光在他的身上只是一扫而过，然后就久久地停留在大师爱妻的身上。尽管大师爱妻身上没有悬挂禁止触摸的牌子，但没有一个人胆敢伸手触摸。我们这些肮脏的爪子更不敢伸出去，即便大师允许我们去摸，我们也不敢。我们毕竟是热爱艺术的人，我们知道美的东西就像池塘中的荷花一样，只能远观，不能亵玩，连我们的目光刚开始时也是羞羞答答的，我们生怕我们的眼睛把她弄脏。但几分钟后我们就约束不住自己了。我们把她从头看到脚，然后再把她从脚看到头。她的繁茂的头发，她的挺拔的脖颈，她的凹陷进去的肩窝，这些都不必说了。她的造型优美的乳房可以好好说说，但我们不愿意用磨损得不成样子的语言来描述它们，可我们又想不出崭新的语言来描述它们，因此也就不必说了。要想知道它们究竟有多么美好，唯一的办法是亲自去看看。但可惜你们已经没有这样的眼福了，画展已经被禁止了。她的腰也是那种好腰，实在也想不出什么好词来形容。她的肚脐是那种小鼓脐，上边穿着一个金色的小圈子，很生动，很俏皮。再往下我们就更想不出好词来说了……

我们继续往前看，看到的景象只能用惊心动魄来形容了。大师调动了绘画、摄影、雕塑等手段，把他和爱妻之间的那点事儿淋漓尽致地展示出来。这次展览其实是很难概括的，大师把摄影搞得像绘画，把绘画弄得像摄影，把活人弄得像雕塑，把雕塑弄得像活人。大师和他的爱妻的各种各样的做爱姿势，被大师表现得栩栩如生。有一组大师和他的爱妻用面对面体位交欢的雕塑，是活动的，是发声的，大师和他的爱妻的呻吟声此起彼伏，有时又交织在一起。大师的身体像油田的抽油机一样不知疲倦地运动着，大师身上布满了汗珠。如果不是大师的动作过分的僵硬，杀死我们我们也不敢相信这是一组雕塑……

后来我们回忆起来，在刚看到大师和妻子的第一组裸体雕塑时，我们耳边还有一些人在发表批评意见，有些话说得甚至还很难听，但当我们看到后边那些大胆的、坦率的、旁若无人的图片、绘画和雕塑后，我们身后只有一片紧张的喘息声。人们的嘴巴已经顾不上说三道四了。有必要补充一句，这位大师拿出来展览的作品，全部都是大尺幅的，最小的也与真人差不多大小，而且我们还发现，大师不管是用雕塑还是用绘画表现他与爱妻的生殖器官时，都有一点“燕山雪花大如席”的意思。也就是说，他把自己的生殖器和他妻子的生殖器进行了适度的夸张，当然，赵一认为大人物就是异于常人的，当然也就包括了大师和大师夫人的生殖器官本来也许就是这样的尺寸。

……

三

夜渐渐深了，大师还没有踪影。那群给同学过生日的学生，有的将脑袋放在桌子上，腮帮子沉浸在酒液里。有的将脑袋抵在窗户玻璃上，一下一下地碰撞着。窗户外边不远，是城市的引水渠道，远处高楼上巨大的霓虹灯，放射出艳丽的光芒，将渠中的流水和渠边的垂柳，映照得情调浪漫。那座通向大师寓所的小桥，在这样的夜晚，更显得情意绵绵。一个男人，一个女人，站在小桥上，将上身伏在桥栏上，看着桥下的流水。

那个光头的男生大吼着："老板，老板！"

一个戴着小蓝帽的服务生走过来，问："先生，有什么吩咐？"

"音乐，换音乐，给我们换上老柴，换上巴赫！"

这时，那个伏在桌子上的脑袋猛地抬起来，大骂："换上你奶奶的屁股！"

光头抓起一个啤酒瓶子，对着骂他的脑袋砸过去。

啤酒瓶子碰到墙上，反弹回来，落在地上，粉碎了。

“你们不要打了！”过生日的女生尖利地喊叫着。

一个留着长发、面相凶恶的男子走过来，低沉地问：“怎么回事？”

“你怎么回事？”光头男生瞪着眼反问。

长发男子上前，捏着光头男生的脖子，往外就走。光头男生挣扎着，喊叫着：

“老子是艺术家！老子是艺术家！”

长发男子把男生推到门外，屁股上加了一脚，说：

“你给我出去吧，艺术家！”

“你们，谁负责买单？”长发男子回来，问那些学生。

“买单？什么叫买单？”一个男生懵懵懂懂地问。

“甭给我装丫挺的，谁买单？”

“我们是大师请来的客人！”那个过生日的女生说。

“哪个大师？”

“金十两，金大师啊！”

“金十两啊，”长发男子鄙夷地说，“他算什么鸡巴大师，欠着我一大笔酒债还没有还呢。”

“你敢骂我们金大师？”那个用脑袋撞玻璃的男生

回过头来，说，“谁骂金大师我们跟谁急！”

“骂他，骂他是便宜了他，只要让我逮着，我让他跪在地上学狗爬。”长发男子怒冲冲地说，“这块不但出卖肉体而且出卖灵魂的人渣，用鞭子抽着老婆去给大赛评委送礼，送什么礼？送屄！这下更彻底了，让全城人民见识了他老婆身上那些玩意儿。真他妈的丧尽廉耻！”他越说越来气，从学生们的酒桌上，抓起半瓶子啤酒，一仰脖子，咕嘟咕嘟地灌了进去。“你们说他还算个人吗？”

“他当然不能算个人了，”一个刺猬头女生说，“他只能算一个畜生！”

“他连畜生也不如！”长发男子道，“你们一定看过《动物世界》，许多动物，其实是最讲贞节廉耻的——”

“譬如鸳鸯！”一个女生喊叫着。

“譬如天鹅！”一个男生喊叫着。

那个被轰出酒吧的光头男生，转到窗户外边，用拳头敲打着玻璃，嘴巴显然是在喊叫着什么，但是我们在里边，听不到他的声音。

长发男子对着玻璃外边的男生挥挥拳头，男生抽身跳到一边去了。

提着酒瓶子，长发男子来到我们桌前，问：“你们，在这里干什么？”

“我们在等待金大师。”

“你们也在等他？”长发男子看看我们桌子上那几瓶尚未开启的啤酒和那几碟子一点都没动的下酒菜，冷笑着问，“难道也是他替你们买单？”

“不，”赵一拍拍腰间的钱包，说，“我们自己买单。”

“难道你们也是搞艺术的？”

“当然，我是民歌演唱家，每周一、三、五在美术馆前面演唱。”赵一指指我们，说，“他们几个，有写诗的，有写小说的，有画画的，总之，都是艺术青年。”

长发男子轻蔑地哼了一声，说：“现在，随便一个阿狗阿猫，都成了艺术家。大师，那些自封的大师，比河里的蝌蚪还多！但你们要知道，满河的蝌蚪，能长成青蛙的，寥寥无几！”

“看您这样子，”我们当中的一个，也许是我，也许是赵一，小心翼翼地问，“看这样子，您也是搞艺术的？”

“行，还有点眼力嘛，”长发男子用赞赏的目光看着我们，说，“谈起艺术来，我可以大言不惭地说，金十两那厮，给我提鞋子，我都不用，如果用他这种方式，我早就出名了。”

“请问，您是搞什么艺术的？”

“搞什么的？我也不知道该怎么回答你们。”他有些为难地说，“圆明园那个画家村知道吧？第一个村民，就是我。现在那拨在通县混世的，都是我的孙子辈的。至于写诗，那就更早，知道那个用镰刀砍死老婆的诗人吧？他是我的小兄弟。金十两这个孙子，最早也是写诗的，前几年因为勾搭一个朋友的女朋友，在黄盖子酒吧，被我们吊在梁上，用沾了辣椒末的鞭子抽。这厮没法在诗坛混了，才异想天开，搞什么行为艺术。他那个老婆，本来就是京城四大名鸡，艺术圈里的公共厕所，所以，才能跟他一起办那样的展览，你们想想，正儿八经的女人，谁肯那样？你们竟然崇拜他，可见你们品位之低。年轻人，想成名成家，这没有错，但是你们要走正路，不能跟金十两这样的人渣学。”

“原来他是这样一个败类！”那个头碰玻璃的男生说。

“我早就知道他是这样一个败类！”那个头发染得五彩缤纷的女生说。

“看看，又是一个受害者，”长发男子说，“来来来，姑娘，给这几个小伙子现身说法，让他们从痴迷中清醒过来。”

彩头女生来到我们面前，指着我们面前的酒瓶说：“我要喝酒！”

长发男子拿起一瓶酒，用牙齿咬开酒瓶盖子，倒满一杯，递给女孩，说：“姑娘，我知道，他一定对你痛说了他的革命家史，然后给你看手相，先摸你的手掌，然后摸你的胳膊，然后……”

“你说的根本不对，”姑娘气哄哄地说，“他既没痛说家史，也没给我看手相，他掀开衣服，让我看他在大森林里跟老虎搏斗时留下的疤痕。”

“这就更加可恶，”长发男子义愤填膺地说，“他那块伤疤，其实是被生产队里的毛驴咬的。”他语重心长地说：“年轻人，要想学艺，首先要学习做人。近朱者赤，近墨者黑，跟着金十两这样的人，永远学不出好来。”

女孩接过酒杯，一饮而尽，然后，直着眼看着长发男子，眼泪哗哗地流了出来。

“那是去年的秋天/你头戴着丁香编成的花环/身穿着白云裁剪的长裙/在我家门前的小径上蹒跚/蹒跚复蹒跚/向日葵金色的花粉/迷蒙了你的双眼……”长发男子

低沉地朗诵着，眼睛闪着光，直盯着那个彩发女孩，女孩也盯着他。

“知道这是谁的诗吗？”

女孩摇摇头。

“我的，我的诗。”长发男子用食指戳戳自己的胸膛，悲伤地说，“这是二十年前，我还是一个青年时，写给我的初恋情人的诗。可是，后来，她，竟然跟着一个满嘴假牙的老头走了。为什么？为什么？难道我一个抒情诗人，还不如一个老头吗？”长发男子将啤酒瓶子插到嘴巴里，咕嘟咕嘟地灌了一阵，声嘶力竭地喊叫着：“为什么夜莺能那样美丽地鸣啭，是因为荆棘刺破了它的心——”他又灌了一口酒。“我，一个可以随时把耳朵割下来赠给情人的大画家，一个可以用鼻血写诗的大诗人，竟然被一个老头子把情人勾引走了，奇耻大辱啊奇耻大辱！知道那个著名的评论家柳木叉吧？这个孙子，从来不给男人写评论，但他破例给我写了诗评，他说‘桃木橛是真正的诗人，是可以和普希金媲美的大师’，可是，我竟然败在了一个假牙老头手下，我，一个著名的抒情诗人，一个大师，一个可以和普希金媲美的大师，竟然惨败在一个老头手下。当我想象着我的头戴丁香花环的情人，在那个满嘴臭气的老家伙身下呻吟时，我的心，哗哗地流血！哗哗地流啊！让我把这一腔热血流干/让我化成一股白色的轻烟/缭绕在你的身边——”大师将空酒瓶子砸在地上，瓶子破裂，声音清脆，“让我的心，像这个酒瓶一样破裂吧。”

大师伏在桌子上，用额头不断地碰撞桌面。

彩发女孩上前，抚摸着大师的头发，哇哇地哭着，眼泪啪嗒啪嗒地滴落在大师的头上。

我们心中也十分难过。我们想安慰他，但一时又找不到合适的语言。在一个出口成章的大师面前，我们的语言实在是太贫乏了。那个被赶出去的光头男生又在外边敲打窗户玻璃，过生日的女孩对着他做了一个手势，那男生就鬼鬼祟祟地溜了进来。

为了防止大师的额头被坚硬的桌子撞破，我们灵机一动，趁着他抬起脑袋的短暂间隙，将窗台上那个花瓶里插着的一束塑料花抽出来，垫在了桌子上。大师的额头撞在塑料花束上，嘭嘭的声音没有了，嚓啦啦的声音出现了。大师将那束塑料花拿起来，放在鼻子上嗅嗅，然后放在面前，仔细地端详着，滔滔的诗句，又像浊流一样喷涌而出：“尽管你有花的娇艳/但你没有花的芬芳/你在我的心中，造成花朵的威胁/但你没有生命的汁液/尽管你已经没有汁液/但我躺在床上想着你就直立起来/好像一门大炮/向着天空发出警告/我看到两只臭虫/吸饱了鲜血/沿着肉的柱子/往高里爬升/追逐着爬升/它们不知道在最高处/等待着它们的/是一道深深的裂谷/在那里它们将陷入灭顶……”

大师嗅嗅花束，继续即席赋诗：“仿佛是金钱豹子/嗅着带刺的玫瑰/爱情成为交换/诗歌成为通行证/通向那些未开垦的处女地……”

大师念到这里，不由得号啕大哭起来，塑料花扔在地上，巴掌拍打着桌子，溅起星星点点的啤酒泡沫，我们被大师的纯情深深感动，同时心中也充满了怒火。我们终于想到了安慰大师的语言：“大师，您把那个假牙老头的姓名、地址告诉我们吧，我们虽然在艺术上狗屁不通，但打架都是行家里手，我们一定要帮您出了这口气，您说吧，是卸下这老丫挺的一只胳膊呢，还是砍下他一条腿？”

“不，不……”大师抬起头，浸透了泪水的眼睛里，闪烁着灿烂的光芒，“我是诗人，我要用诗人的方式解决这个问题。”

“什么方式？大师？”

“我和他决斗！”

“对，和他决斗！”刚刚溜进来的光头学生拍着巴掌说，“就像普希金和那个军官决斗一样。”

“我不用枪，”大师说，“我用剑！”

“对，用剑，一定要用剑！”我们齐声呐喊着，“用剑，洞穿他的心脏，然后，把那个丁香女人抢回来。”

“不，不，我不要那个女人了，她的每个毛孔里，都散发着愚蠢的气味，从那天之后，她的脸就变得像医院的墙壁一样苍白……”大师痛苦地说。

“那怎么办？”

“把那老家伙刺死之后，当着那女人的面，我用剑，刺穿自己的心脏。”

“不值得，大师，不值得啊！”我们和那些被大师的遭遇深深感动了的学生一起喊叫着，我们的眼睛里都饱含着泪水。

“我要用我微不足道的生命，唤起她的良知！”大师悲壮地说。

“其实，大师，这个世界上，优秀的女人还有许多。”彩头女孩说。

“是啊，天涯何处无芳草。”

“纵有弱水三千，我只取一瓢饮。”大师说。

“可是，大师，您那瓢水，已经污染了，不能喝了。”

“你这个软弱的女人，”大师痛苦万端地说，“尽管我恨你，但假如还有来世，我还是要爱你。”

我们交换了一下眼神，为了大师的不可救药感叹不已。是啊，大师都是这样痴情，不痴情也成不了大师。

“在北极之北/南极之南/东海之东/西藏之西/在九天之上在九地之下/在冰块里在骆驼的耳朵眼里在比目鱼的肛门里/在一切可能的地方/不可能的地方/爱你/因为爱你/我的身体成为一根成条/在锅里也要弯曲成一个/成熟的‘爱’字……”大师捶着胸膛吼叫，眼泪哗哗地流，还有鼻涕。

我们的眼睛里又一次盈满了泪水。

“是谁在呼我啊？”随着门响，金十两大师站在我们面前，眼睛一亮，蔑视地问。“桃木橛子，你这个流氓，又在勾引纯真的少女！你们——”金大师用食指划了一个圈子，将我们全部圈了进去，语重心长地说：“你们，千万不要上了他的当，他方才念的诗，都是我当年的习作。”金大师端起一杯酒，对准桃木橛的脸泼去。浑浊的酒液，沿着桃木橛的脸，像尿液沿着公共厕所的小便池的墙壁往下流淌一样，往下流淌，往下流淌……

（一九九九年十二月）

长安大道上的骑驴美人

四月一日下午，侯七从西单地铁站钻出来，一抬头就看到了太阳。它有点大，有点红，正沿着几座高楼间的缝隙下落。侯七已经好几年没沿长安街走过，每次去单位上班时都是坐地铁在地下穿行，所以他不知道太阳摩擦着的那几座高楼的名字。侯七从自行车堆里认出了自己的自行车。他的自行车很破，敢整天扔在地铁站的自行车几乎没有一辆不破的。车锁也是坏锁，戳了三分钟它才不情愿地开了。取了车，推着走了十几步，然后瞅个空子，笨拙地骑上去，正要随着车流穿越长安街回家，就听到从西边传来一阵喧哗。侯七侧目西望，猛然看到……

还是先说说侯七上班的情况吧。这一天其实也没正经干活，上午一到办公室，就听到同事们又在谈论日全食与海尔-波普彗星的事。侯七说这日全食与海尔-波普彗星不是去年已经出现过吗？同事们说你真是老糊涂，你一点都不关心天下大事，难道去年出现过的事今年就不能出现了吗？在他们的批评声中，侯七诺诺连声，自己承认糊涂、昏聩，已经基本上被日新月异的社会淘汰。见侯七检讨得真诚，那个穿着一条背带裤、上身特长、双腿特短的姑娘，递给他一块用墨汁涂黑的玻璃，然后对那几个男青年说："老侯同志基本上还是个好同志，你们不许骂他了！"那几个男青年说："我们骂他是因为爱他，你说对不对老侯？"侯七连声说对。然后他们就大声地议论起外星人的问题，听得侯七神魂颠倒，如醉如痴。九点整，小青年们说："时辰到了！"侯七拿起黑玻璃，跟着进步的青年，沿着曲折的楼梯爬到楼顶上。原以为会看到辉煌无比的天文奇观，但除了一个无精打采的太阳和一个更加无精打采的破风筝，别的啥也没看到。不单是侯七，大家都感到很失望。据说那海尔-波普彗星下次露面要两千三百年后，而上溯两千三百年连秦始皇的爷爷都没出生，侯七一时竟感到灰心丧气，本来要写一篇关于观彗星的文章，也就不写了。中午吃了一碗韭菜炒猪血，几个热爱侯七的青年还捏着他的鼻子灌了一碗啤酒。下午接着议论日全食与彗星，熬到五点，下班，走一里路，到了地铁站，钻下去，像一匹小耗子。人贵有自知之明，侯七想，其实我哪里能比上一匹小耗子？地铁车厢里，有人坐着，有人站着，站着的比坐着的多。到了复兴门，哗啦啦下去许多人，零落落上来几个人，这时坐着的与站着的差不多。侯七抢了一个座，坐了几分钟，车内的广播说本次列车的终点站就要到了。终点站说到就到了。侯七跟着人们下车，往前走一百米，坐三分钟电梯，爬五十四级台阶，一抬头侯七就看到了太阳。看到它时，侯七自然想起了去年它被月亮温存了一会儿的事。紧接着发生的事情刚才说过了……侯七侧目西望，猛然看到：

一个身穿红裙的少妇，骑着一匹油光闪闪的驴，黑驴，小黑驴，旁若无人地闯了红灯，从几乎是首尾相连的汽车缝隙里穿越马路。在骑驴少妇的身后，紧跟着一个骑马男子。那男人披挂着银灰色的盔甲，胸前的护心镜闪烁着刺目的白光。他那个浑圆的头盔上竖着一个尖锐的枪头，枪头上高挑着一簇红缨。他的左手揽着马缰，右手握着一枝木杆的长矛，矛尖当然也是闪闪发光。他胯下那匹马是匹纯粹的白马，美丽的白马，雄伟的白马，骄傲的白马，它完美得过了分，令人怀疑它的真实性，简直就是“白马非马”。它昂着白瓷般的头，昂头必然地就扬起了脖子。这形态让侯七立即就联想到了天鹅。它迈着优雅的小碎步，从容不迫地紧跟着黑驴穿越马路。因为这是下班时间，车像拥挤的羊群，所以车速无法快，车速不快，刹车声就不刺耳，尽管一男一女一马一驴闯了红灯，也没发生车辆追尾现象。而且一向牛气冲天的司机们表现出了极好的修养，没有一个骂人，也没有一个操起刀子杀人，他们甚至连喇叭都没按。他们脚踩着车闸，让马达平缓地运转着。他们摇下了车窗玻璃，探出头，看着正在穿越马路的牲口和人。他们的神色都很平静，有的人还面带微笑。十字路口正中岗台上的那个年轻的警察呆呆地看着，嘴巴没有说话，手也没做动作。大家就这样很平静很肃穆地看着一驴一马驮着一男一女穿过了马路。

汽车的队伍没乱，自行车的队伍却大乱了。因为大家都歪着头看景，一辆车倒下去，就有几十辆车倒下去。但这天骑自行车的人也表现很好，大家都很克制，很宽容，没人骂娘，也没人吵架，当然更没人动刀子。那个漂亮的小警察对倒在地上的那片自行车挥着手，动作很轻柔，满怀着善意，令侯七感动，心里热乎乎的。大家扶起车，有继续穿越马路的，有掉转头往回走的。往回走的意图十分明显：想去追踪那一男一女一马一驴。侯七犹豫片刻，也调头返回，北京人爱看热闹，侯七也沾染上了这毛病，或者说是爱好。此时那马那驴已经到了鸿宾楼门前，侯七紧蹬车子，飞快地赶上去。车子非常多，骑车人的肩膀几乎碰着肩膀。大家尽力保持着身体的平衡，好像变成了一个整体。侯七有幸被挤在最前排，与那匹白马丰满的臀部仅距一米，只要把脚踏子用力一蹬，自行车的前轮肯定要撞到马腿上。那样会发生什么后果侯七不知道，当然侯七的车技保证了绝不会发生这种不幸。侯七无暇去多看左右的骑车人，别人也一样，人们调回头不回家为的就是看马看驴看马上的男人和驴上的女人。当然如果仅有一个骑马的男人，不管那马是多么样的完美无缺，人们，起码是侯七，也不会有这么大的兴趣。人们，起码是侯七，主要是想看那个骑驴的女子。如果那骑驴的女人很老了或者很丑，人们，起码是侯七，也不会有这样大的兴趣。就在刚才的一转头间，人们，起码是侯七，感到眼前一片红光闪烁，黑暗的心灵深处出现一道耀眼的光明，就像日全食食甚之后的贝利珠。

遗憾的是那女人不回头，她好像并不知道侯七们尾随在她身后，或者是她根本就没把侯七们看在眼里。侯七只能看到她的背和她的侧面，只能看到小黑驴的臀和它的侧面。尽管红墙外边的玉兰花已经花蕾丰满，个别的花蕾也已经开绽，变成了花朵，但天气还是很凉，侯七穿着毛衣毛裤，有的人还穿着羽绒服，但那驴上的女子竟然只穿着一条单薄的红裙。那红裙是用绸子缝成的，绸子是好绸子，朦胧地透着明，人们，起码是侯七很喜欢这朦胧的透明。借着阳光，侯七看到了她的应该是粉红色的皮肤，肩是那种溜溜的肩，腰是那种细细的腰，严格地说也不是水蛇腰，水蛇腰是没骨的，她的腰却挺得很直。她的脖子当然很长，当然不粗。她的后脑袋很圆，头发嘛，也很繁茂。头发的颜色基本上是黑的，但中央一撮却是红的，不是纯粹的红，说是金黄也可以。她的耳朵很白，让侯七想起"耳白于面名满天下"的话。她的耳朵垂上有扎过眼的痕迹，但她没戴耳环耳坠什么的。她的左耳后边，有一颗像绿豆那般大小的黑痣，侯七忘了相书上对女人耳后的痣是怎么说的了。她骑的是一匹光腚驴，也就是说那驴背上既没鞍子也没搭上条褥子或是毛毡什么的。骑着这样的光腚驴是舒服还是不舒服当然只有她知道。她的腰里还扎着一条棕色的皮带，是羊皮的还是牛皮的侯七分辨不出，但肯定是条真皮的不是一条人造革的，这一点侯七敢肯定。皮带上，挂着一柄短剑，侯七看不到剑锋，只能看到剑柄和剑鞘。剑柄侯七敢说是象牙的，上边还镶着几颗宝石，侯七不认为这样的一个女人会佩戴一把镶彩玻璃的剑。剑鞘是棕色的，应该也是兽皮的，上边也镶着钻石。她的双腿紧紧地夹着驴腹，如果她给驴佩上鞍鞯，她就不必紧紧地夹驴腹。因为是一匹小黑驴，她又是个高个子女人，所以她的双腿几乎垂到了地面。如果她想下驴，会十分方便。她的胳膊也是长的，红袖肥大，露出一双玉腕，腕上套一只碧绿的玉镯子，也许是翡翠镯子。驴不能算胖，但也不能算瘦，虽然个头小，但走起来很快，驮着一个女人并没让它很吃力。它的速度侯七估计大约在每小时十五公里左右。这在下午六点多钟的长安街上算得上是行云流水。

转眼间侯七们就跟随着她到了六部口。正碰上红灯，侯七本能地捏了一下车闸，车晃了晃，险些歪倒。借着这机会，那匹白马驮着骑手，蹿上去几步，硕大的马脑袋，在黑驴的屁股上方摇摇晃晃。马伸出舌头，舔了一下驴臀，驴却毫无反应。马上的骑士，身体僵硬，活像个木偶。他的头盔是那种带面罩的，有点像节日里使用的大头娃娃面具。无论是从正面还是侧面，都看不到他的脸，但能看到他的黑洞般的眼窝和从他的鼻孔里伸出来的那两撮黑毛。夕阳照耀着他的盔甲，放射出一种含情脉脉的橘红色，一摊鸟屎从天而降，落在他的头盔上，发出“啪嗒”一声响。侯七听人说鸟屎落到头上没有好运气，但骑士并不在意，骑自行车尾随着他的众多市民也没有在意。原以为他们会再次闯红灯，但出侯七意料的是那女子竟在红灯亮起时勒住了驴缰绳。驴停，马跟着停。马低下头，翻着粉唇，嗅着驴的屁股，嗅一下，就把头扬起来，屏住呼吸，对着灰蒙蒙的天空幻想。黑驴的尾巴在微微地颤动。驴上的女子回头与马上的男人低声说了一句话。她的话带着浓重的地方口音，跟外语差不多，也许有人听懂了，反正侯七没有听懂。她的回头让侯七们这些追随者十分兴奋。她的确非常美丽。侯七顾不上去仔细地看她脸上的部件，当然没法子鼻子眼睛地描写，她的美丽像一道灿烂的阳光，时髦地说像“一道靓丽的风景”，把人们、起码是把侯七彻底征服了。可惜好景不长，她说完那句话，就把头扭了回去。骑车人左顾右盼，你看看侯七，侯七看看你，好像都想说点什么，但谁也没说出什么。其实大家的意思大家都很清楚，大家都想感叹一声，为了她的美丽。侯七们在长安大道上发现了她和她的随从，心里边惊讶不已，但人家却十分坦然，人家根本就没把侯七们放在眼里。

这时候，站在安全岛上的那个警察用戴着白手套的手指向侯七们这边。他指的肯定是骑驴骑马的人，可见警察也认为这两骑不应该出现在这里。站在安全岛下的一个上了年纪的警察小跑步过来，一辆桑塔纳轿车险些撞了他的腰。他顾不上收拾桑塔纳，直对着侯七们跑来。当他跑到黑驴面前，举手敬礼时，黄灯跳了一下，绿灯随即亮了。那女子一驴当先，驴后是马，马后是自行车，像一股汹涌的潮水，冲过了斑马线。那位警察大声喊叫着，身体宛如一个陀螺，滴溜溜地旋转着，那样子的确有点儿狼狈。侯七们跟随着驴和马继续前行，听到身后那个警察大声喊叫着，但没人回头看他。人多力量大，法不责众，自行车多了就敢闯红灯，就敢欺负汽车，甚至就敢不怕警察。何况侯七们前头有驴有马，天塌下来有大个顶着，无论如何也整不到侯七们头上。又往前骑了一段，大家感到有些无聊。

有人大声问："伙计，你们是干什么的？"

没人回答问话，骑驴女人和骑马男人若无其事地往前走，驴蹄和马蹄，踏得地面脆响，蹄铁闪烁，耀眼明亮。驴和马都走得潇洒，迈着小碎步，流畅似水，宛如舞台上的青衣花旦。

"喂，哥们姐们，你们是马戏团里的吧？"

问话消散在暮色和空气里，问话的人便低声说了一句粗话，还啐了一口唾沫。侯七猛蹬了几下脚踏子，想冲到前面去看看那个女子的脸。侯七的自行车往前一蹿，那个骑马的男人，好像是有意地，也好像是无意地将手中的长矛横了过来，矛杆子拦在侯七的前胸，好像拦住了一匹马。侯七嗅到了矛杆发出的香气，像白檀木的香气，也有点像芒果的香气。旁边的人也想往前挤，是不是想看骑驴女子的脸侯七不知道，但同样遭到了骑马男子有意或无意的拦挡。看样子他是骑驴女子的保护者。侯七用力往前冲，人们都往前冲，终于把他的矛杆冲歪了。矛杆刚歪那一刻，他拔出了悬挂在腰间的长剑。剑光闪闪，恰似蓝色的冰凌。侯七本能地伏下身子，感到一阵凉风从头顶上掠过去。紧接着一个剑花在空中一晃，长剑就劈向了另一边。侯七看到一个人的头发被削去，好像一顶黑帽子在空中飞起，然后就散开，乱发落在了侯七们肩上，也落在了地上。侯七们这才领略到了骑马男人的厉害，再也不敢轻举妄动。他的剑看似很钝，剑刃上生满绿锈，想不到竟是如此的利器。既然能削发好似风吹帽，必然地也能砍头好似砍烂泥。侯七们领教了骑马人的厉害，都变成好乖乖，慢慢地稳住车，跟随在他马后，不敢逾越。身后一阵摩托响。有人说：“警察来了！”

果然是警察来了。而且就是刚才那个受了委屈的警察。他紧贴着把人行道和汽车道分开的那道铁栏杆，追了上来。他身边的轿车都乖乖地给他让路。骑马的人把马往前一催，马就贴近了铁栏杆。摩托与马平行时，警察侧过头，大声喊叫着：

“站住！听到了没有？我让你们站住！”

骑马人仿佛石头，对警察的喊叫不做任何反应。看那副稳如泰山的样子不像在装糊涂。警察左手扶着车把，伸出右手，摘下腰间的警棍，敲了一下骑马人的头盔。头盔发出空洞的声音，好像里边什么都没有。但就在这时，他狼狈地挂在了道路隔栏上，头上的大盖帽也掉了。倒地的摩托摩擦着地面蹿到了路中央，制造出一起相当严重的交通事故。几十辆汽车铿铿锵锵地撞在了一起，幸好没有死人，但碰得额头流血的人有好几个。没人管这起交通事故，也没人去扶起那位分明伤得不轻的警察。大道上一片鸣笛声，东去的车辆被出事故的车拦住，好像水闸拦住了河水。

侯七们跟随着驴马，大大方方地穿过了府右街路口。红墙外边的玉兰花放出的幽雅香气穿越马路飘过来。尽管这香气被汽车尾气污染得够呛，但还是让嗅细胞兴奋。侯七不由自主地打了一个喷嚏，车子扭了几扭，险些歪倒。那匹白马也打了一个喷嚏。白马上的骑手也打了一个喷嚏。紧接着那头黑驴也打了一个喷嚏。这时，一个令人心痒难挨的期待产生了：人们，起码是侯七，期待着骑驴美人的喷嚏。如果她打个喷嚏，那就说明她也是凡胎俗骨，是与侯七们一样由父精母血结合而成；如果她不打喷嚏，那她的来路就值得怀疑。侯七也弄不清楚她打了喷嚏之后，自己的心情会是什么样子。侯七希望美人是凡人，但真要看到美人像自己一样打嗝噫气又会感到失望。所以曹雪芹只写林黛玉吐血而不写林黛玉吐痰。她没打喷嚏，让侯七的期待落了空。她用大腿夹了夹驴腹，黑驴便加快了前进的步伐。

过了新华门，感觉到大街突然宽广了许多，好像到了大江大河的入海口。因为后边刚出了车祸，东上的这半边道路，没有车辆，显得空空荡荡，让人的心像一口深井般没有着落。侯七回头看看，几百辆自行车紧紧跟随，当然不是跟随着侯七，当然是跟随着驴上美人和马上怪客。驴上美人突然叫了一声，好似春天的黄鹂鸟。侯七吃了一惊，弄不明白她为什么要叫。但马上侯七就弄明白了她为什么要叫。她纵驴往路边跑去。路边是一堵高大宽厚的黑砖墙，与路对面的红墙恰成对照。黑墙上悬挂着一盆盆的花朵，表现出很欧洲的艺术情调。花朵有红的，有黄的，还有白的和蓝的，没有绿的，但叶子和藤蔓是绿的。她纵驴到了墙边，在一盆蓝花前停住。她先是伸出纤纤玉指，去抚摸花朵上的茸毛——那些花朵便像蝴蝶一样颤动着，蓝色的花瓣变成了蓝色的翅膀。然后她就把头伸过去。她的头微往后仰，鼻子触在花心里。侯七油然想起鼻子是男性的象征，而花心是女性的象征……侯七对自己进行了严厉的批评，制止了这种接近流氓的联想。她在嗅花，或者说是在与花朵交流。她在驴背上侧着身体，更显出胳膊与脖子的长度。她在蓝花面前定住，好像鼻子被粘住无法挣脱。侯七心里有一些烦，但也未必就是真烦。其实侯七就是想看到一点稀奇古怪的事，有的人也许还想看到她的身体。这时，一个碧绿的东西从天而降。

从天而降的东西落在了她的头上，弹跳了一下，落在了她的肩上；又弹跳了一下，落到了黑驴的臀上；又弹跳了一下，落在了地上；又弹跳了一下，便静止不动了。这时，侯七才看清楚，从天而降的是一个很德国的啤酒瓶子。美人吃了一惊，驴也吃了一惊。美人仰起脸来，仿佛要寻找天上的飞鸟。这一下侯七大饱了眼福。跟了这么远，终于比较长久地看到了美人的脸。美人的五官其实难以描写，重要的是她的五官搭配在一起所产生的整体效果。效果很好，可以说是古典，也可以说是现代；可以说是东方，也可以说是西方。蒙娜丽莎是她奶奶，戴安娜王妃是她姨，宋美龄是她姥姥，巩俐是她姐姐。谁是她的娘谁是她的爹侯七就不好说了。接下来一个令人烦恼的问题是：谁是她的丈夫或谁将成为她的丈夫？谁是她的情人或谁将成为她的情人？但侯七心里清楚，即使她跑到侯七的面前，对侯七说“愿做你的妻子或者做你的情人”，侯七也肯定要撒腿逃跑。在这样的女人面前，只要有一点自尊心的男人，都会变成无能之辈。真正的美人只能供着看，不能搂着玩。所以这世界上真正的美人总是被地痞流氓丑八怪消受，就像俗话说的一样：好汉无好妻，癞汉娶花枝。鲜花插在牛粪上。鲜花基本上都插在了牛粪上。你们信不信？你们不信，反正侯七信。

侯七在胡思乱想，很多人却在谴责那个不讲社会公德、乱扔酒瓶子的人。有一个人义愤填膺地说：

“如果我当了皇帝，一定要下道圣旨，把乱扔啤酒瓶子的人手指剁掉！”

“你太温柔了！”另一个人说，“如果我当了皇帝，一定要下道圣旨，把乱扔啤酒瓶子的人剁成肉酱！”

“你还是太温柔，”又有一个人说，“如果我当了皇帝，一定要下道圣旨，把乱扔啤酒瓶子的人，做成一只啤酒瓶子！”

“对极了，乱世就应该用重典，”一个很有学问的人说，“现在，对坏人，实在是太温柔了，要不怎么会出这么多的贪官污吏？怎么会出这么多的假冒伪劣？怎么会出这么多的地痞流氓？怎么会出这么多的卑鄙小人？就是应该杀杀杀！杀尽不平方太平，该出手时就出手！”

一个成熟的人说：“你们这是叫花子咬牙发穷恨，说这些，屁用也不管，关键的是，真要让你们当了官，你们腐败得比火箭都要快！”

“没劲没劲！”一个人说，“说些这个真是没劲！”

大家都感到没劲极了。面对着绝世美人，你们还说这些俗不可耐的话，真是煞尽了风景。当然侯七理解你们，如果这个啤酒瓶子砸在一个捡垃圾的老婆子头上，你们都会视而不见，甚至还会有人认为砸得好呢！

不知不觉中，人们竟然把驴上美人和马上男人围住了。人们把他们围在了黑墙边上，挡住了他们的出路。黑驴和白马显然有些惊慌，黑驴摇着大耳，白马喷着响鼻。美人掐了一朵蓝花，叼在嘴里，显出一种潇洒之美，好像一个女侠，或者像个女匪。她的眼睛对着侯七们。她让侯七们都感到她的眼睛脉脉含情，对自己情有独钟，美丽的女人大多都有这种本事。马上的男人不动声色，但从他那柄横在胸前的长剑上，侯七们知道他处在严阵以待的状态。有这样一个男人和这样一柄利剑，无论什么样的包围圈也等同纸糊的障壁。只要他把剑抡圆，侯七们的头颅就会落在地上，长安大道的这一段，就会变成老百姓的西瓜地。但嘴里叼着一朵鲜花的女人实在是太迷人了，侯七们这些已经在圈子里的人本不想再往前挤，但外边的人却拼命往前挤。这就把侯七们这些最里边的人弄到了最幸福也最危险的地步。幸福当然是来自驴上的美人。侯七的头距她的头只有一米，现在侯七可以看清楚她脸上的毛孔，如果她的脸上有毛孔的话。她的脸上根本就没有毛孔。她的脸光滑得只能用光滑来形容。她的脸娇嫩得只能用娇嫩来形容。最让侯七心醉神迷的是她的气味。她身上散发出的气味是赤子的气味，与那朵蓝花的气味混合起来，便成了大爱的催化剂。不仅仅是爱美人，还爱这地上的一切。

这时候，从人民大会堂西侧那条胡同里，突出来两辆摩托和一辆警车。摩托头前开路，警车鸣着警笛，从宽阔的人行道上逆行而来。侯七心里有点发慌，很想抽身而走，但侯七被身后许多的自行车阻挡住了，只能等待结果。侯七发现外圈的人还在往里挤，警察的到来并没有让他们害怕。也许他们害怕了才往里挤，挤到里圈总比在外边安全。这样子最里边这些人便不由自主地更接近了驴马与骑手。侯七们的身体都脱离了自行车。侯七的一只脚踩在车子的辐条上。侯七听到了辐条崩断的声音。侯七为这辆任劳任怨地驮了自己十几年的自行车难过。侯七甚至开始后悔跟着人群来看热闹。侯七忘了初来北京时父母的教导，父母谆谆教导侯七不要看热闹，一定要躲着热闹走。但事已如此，千金难买后悔药，只能想法子保护自己。侯七听到身边的人发出哀鸣，有一个人大叫："天哪！我的腿……"

警察在外边严厉地说："闪开！闪开！"

没有人听警察的话，这是不可思议的。

就在侯七的鼻子差不点儿要碰到骑驴美人脸上时，白马上的骑士把长矛举了起来。他将长矛往人群里横着扫了几扫，就扫出了一条通道。侯七也弄不清自己是怎么样地躺在了别人的身体上。在侯七的屁股下，是一个男人的坚硬的头颅。侯七并不想坐在他人的头颅之上，但那人不管三七二十一，在侯七屁股上咬了一口，痛得侯七大叫了一声。侯七弹跳起来，看到那个咬侯七的头龇牙咧嘴，嘴里满是鲜血。侯七伸手摸摸屁股，摸了一手血。侯七想真是倒霉透顶。但那个咬侯七的人更倒霉，侯七的屁股刚弹起，就有一个更大的屁股蹾了上去。侯七看不到那张沾血的嘴了，心里却清楚，这个人的头不破也要扁了，这个人的牙不全部掉光也要掉一半。

一个胡茬子发青的警察虎虎地走了进来。他说：“你们，围在这里干什么？”

侯七们哑口无言，不是不想回答，是不知怎样回答。

警察眯着眼睛，打量着这两个怪客。他的脸上红光闪闪，侯七明知这是被夕阳映照的结果，但却硬把他想成是因为害羞红了脸庞。

白马骑士面对着警察，似乎毫无反应。他将那杆长矛往警察前胸一扫，警察便仰到了侯七的身上。侯七感到警察的骨头像钢铁一样，硬，还有棱角。侯七的肋骨疼痛难挨。另外几个警察也想往前靠，但都被马上人的长矛拨到一边去了。就这样，他一马当先，美人骑驴随后，大模大样地走了出去。他和她沿着宽广平坦的大道继续前行。

一阵很大的混乱过后，侯七们各人推着自己的车，散开在人行道上。侯七的车子后轮变形，只能推着走，不能骑着行了。还有几个人躺在地上，好像睡着了似的。警察上去，很温柔地将他们扶起来。那个有胡子的警察说："都散了吧，天黑了不回家，难道你们的家人不挂念你们？"

有十几个人听了警察的话，推着车子往西去了。大多数的人却站在原地，望着前方的马驴和骑马驴的人。

警察又说：

"还有什么心事？你们没看过马和驴？有什么好看的？真是的！"

又有几十个人往西去了。

警察也上了摩托与警车。那个年长的警察把头从车窗里探出，大声说："散了吧散了吧，回家该干什么干什么去，别在这里瞎起哄！"

又有几十个人推车走了。

警察也开车走了。

剩下几十个人还站在这里。大家相互看看，突然都笑了。侯七也跟着笑了。一个剃着光头的中年人说："我今天不回家了，非要跟着她，看个究竟。"

他跨上自行车，追着马驴去了。他的车链条摩擦着链盒，发出嚓嚓的响声。

侯七到底是个好奇的人，也许还是个好色的人，他不顾自行车负了重伤，硬是骑上去，嚓嚓啦啦，摇摇晃晃，去追随驴上美人。

侯七们在天安门前面追上了驴马。如果不是国旗护卫队举行降旗仪式，侯七们不可能这样快就追上。国旗护卫队的士兵们一个个神色庄严，令人肃然起敬。侯七看到驴上美人身体挺直，恰似一尊玉雕；马上骑士手举长矛，分明是用古老的姿势，向国旗护卫队致敬。

队伍过去了，天安门前暮色苍茫。广场上的华灯通了电，渐渐地放出光明。侯七们跟随着驴马从天安门前走过，马上骑士在行进中又把黑驴让到头前。他横矛在后，担任护卫。一切都没变化，过了南池子大街还没变化，过了王府井大街依然没变化，到了东单路口还是没变化……到了国贸大厦时，跟随在他们身后的只有十几人了。这时已是真正的夜晚，大道两边华灯齐放，路两边的高大建筑物里灯火辉煌，大街上的车辆，成了一条电光的河流。侯七们跟随着驴马行进在树木的斑驳暗影里，路边烤羊肉串的小贩对着他们大声喊叫："羊肉串！羊肉串！"

当驴马后边只剩下侯七一个人时，白马停住脚步，黑驴也停住了脚步。侯七的心一阵狂跳，期待已久的结局也许就要出现了，让他怎能不心跳！

白马翘起尾巴，拉出了十几个粪蛋子。

黑驴翘起尾巴，拉出了十几个粪蛋子。

然后马和驴像电一样往前跑去。

（一九九八年）

白杨林里的战斗

爬上农场后边的胶河大堤，一眼就看到了在河滩的白杨树林里，有一群英俊的少年，追逐着另一群英俊的少年。他们像走马灯一样在我的眼前转来转去，转得我头晕眼花。过了片刻，我的眼睛适应了，才发现说他们英俊是很不妥当的。他们一个个都是小短腿、大脑袋、红脸蛋，腮帮子鼓得溜圆。他们的小模样还算可爱，但他们嘴里发出的声音却很凶残。杀杀杀，杀杀杀，杀声震耳，从他们嘴里喷出。前面那队少年，身后都拖着木棍；后边那队少年，手里都攥着菜刀。追逐了几圈之后，拖棍的少年突然都立住脚，转回头，端起木棍，瞪着眼，张大口，呼呼地喘着粗气，摆出了一副严阵以待的架势。后面那队少年，都有些刹不住脚，像一堆球似的挤在一起碰撞着，脑袋发出嘭嘭的声响。持棍的少年们并没有趁持刀少年们立脚未稳时冲杀上去，而是很耐心地等着他们将队伍排列整齐。现在，我终于看清楚了，这两队追逐厮杀的少年，都是胶河小学的学生。前面那队持棍的，是三年级一班的；后边那队攥刀的，是三年级二班的。两队少年之间，是一片平整的沙地，沙地上生长着一些瘦弱的黄草。一只拳头大小的野兔蹲在一束黄草根上，紧缩着身体，一动也不敢动。我心里明白，它是被众多的人声给威住了，它蜷缩在那里，抱着侥幸的心理，希望能躲过这场灾难。还好，少年们暂时还没发现它；如果少年们发现了它，它的小命绝对难逃。我不知道这些小家伙今天为什么打架，但我绝对知道，他们尽管腿短，但奔跑起来比成年的野兔子还要快。我心里为小野兔子祈祷着，愿万能的上帝保佑它。小野兔子泪眼婆娑地望着我，我感到它对我充满了感激之情。

我在为野兔子祈祷的同时，心里想着：这些像水银珠儿一样好动的小子们，为什么要这样一本正经地打仗呢？他们都是喝一条河里的水长大的，他们的父母都是抬头不见低头见的邻居，他们之间绝不会有你死我活的矛盾，值得这样动刀动棍吗？他们的棍不是一般的棍，而是那种从东北森林里砍伐、用火车运进关内、光滑笔直、摆在供销社里高价出售的柞木棍。这种棍子，像茅坑里的石头，又臭又硬，擂到头上，肯定要头破血流，弄不好很可能要脑浆四溅，我亲眼看到我们村里的大队长用这种棍子将孙四的脑袋打破。再说这些菜刀吧，都是好刀，寒光闪闪，能斩钉截铁，更别说切菜剁肉。这种刀是我们县唯一的部优产品，行销海内外，尽管价格昂贵，但也不是轻易能够买到的。想到此处，我感觉到今天这场战斗，不是一般的顽童打架，而是一场阶级斗争。

棍子队里，跳出了一个下穿红裤头、上穿绿背心的黑小子。他的额头上有一块明亮的疤痕，见到了这块亮疤我马上就认出了他是谁。他是我们村书记的儿子，他额头上那块疤是被赵大婶家那头嘴尖的毛驴子啃了一口留下的。当时我正在街上玩耍，阳光照耀着许多东西闪亮，其中最亮的就是赵大婶家那头黑叫驴，黑叫驴身上最亮的地方是它的圆滚滚的屁股。这头驴在我们村子里大名鼎鼎，它一身好活，无论是拉磨还是拉犁，一头驴胜过两头驴。它唯一的毛病就是嘴尖，爱好咬人，被它咬伤的人前后有二十几个，但是它的活儿实在是太好了，就是那些被它咬过的人，也坚决不同意把它卖到杀驴铺子里。那天我看到书记的儿子在黑毛驴面前转转，心里就感到要出事，正要上前去把书记的儿子拉开，马上就感到自己是多管闲事。黑驴谁都敢咬，但它怎么也不敢咬书记的儿子，它要敢咬了书记的儿子，就等于给它自己判了死刑。忽听得一声惨叫，黑驴一口就把书记儿子的脑袋给啃破了。黑驴龇着白色的大牙笑，书记的儿子咧着红色的大嘴哭。我当时就想：黑驴，你这次死定了，你这次要是不死，才是天大的怪事！但事情的结局却出乎我的意料，黑驴不但没死，反而受到了隆重的礼遇。据我所知赵大婶家已经把黑驴送到了杀驴铺，杀驴铺里的掌柜围着黑驴抓膘估价，正在这危急关头，书记飞马赶到，把黑驴从死亡线上营救出来。至于书记为什么要把咬破儿子脑袋的黑驴救出来，我们都猜不出原因。是啊，如果我们能猜出书记的心思，那我们不也能当书记了吗？后来还听说了书记给黑驴镶金牙的事，镶金牙是夸张，但书记给黑驴镶了一颗铜牙倒是真的。书记的儿子左手拄着棍子，右手指着菜刀队里骂阵：

“你们哪个不服？哪个不服就跳出来比划比划！”

一语未了，就听到菜刀队里尖啸了一声。只见一个小家伙双腿并拢，像传说中的独脚兽一样，一蹦两蹦三蹦，蹦到了队伍前面，与书记的儿子只隔着三尺的距离。这小家伙白皮肤吊眼睛，双耳生得怪异，好似两扇蚌壳。我当然也是一眼就认出了他是黑驴主人赵大婶的儿子，这小子有个外号，叫做猴子阮英。我很久都不知道猴子阮英是谁，去年才听说猴子阮英是长篇鼓词《小八义》中的一个人物。猴子阮英有什么本事我不清楚，但赵大婶的儿子的本事我十分清楚。这小家伙从小就不省油，在同年龄的孩子群里出类拔萃，打架敢动狠手，与他家那头驴一样，爱好咬人，村子里被他咬过的人，比被他家的驴咬过的人还要多。除了善咬人，还善于爬树，参天的大白杨，县里的电工脚上戴着螳螂刀，半天还爬不上去，他赤着脚，转眼间就爬到了顶梢，站在一根柔软的细枝上，好像一只怪鸟。他跳出来了，与书记的儿子四眼相望，有那么一星半点儿仇人相见分外眼红的意思。他说：

“老子不服！”

“你哪里不服？”

“我哪里也不服！”

“不服就试试吧！”

“试试就试试！”

于是，书记的儿子往手心里吐了一点唾沫，双手攥紧了柞木棍；赵大婶的儿子把菜刀放在大腿上拍了拍。两边的小妖们连同我都屏住呼吸注视着他们。他们的眼睛对着眼睛，身体做着横向的移动，嘴里嘟哝着不知什么话语。就这样过了一刻钟。就这样又过了一刻钟，他们抖擞起来的精神渐渐地萎靡了。众人都长长地出了口气，不知是感到欣慰还是感到失望。但就在这时，情况突然发生了大变化。只见书记儿子仿佛漫不经心地将棍子往前一捣，几乎就捣在了赵大婶儿子的胸膛上。赵大婶的儿子伸出一只手抓住了棍子，然后举起菜刀，对着那棍子的中段，毫不留情地剁起来。刀光闪烁，木屑横飞，两边的小妖一齐呐喊助威。书记的儿子双手攥着木棍，身体往后使力气，想把棍子夺出，赵大婶的儿子把菜刀对着他的手一比划，书记的儿子就撒了手。赵大婶的儿子将那棍子按在地上，一阵乱剁，然后，将菜刀往腰里一掖，拿起棍子，攥住两头，横过来，往膝盖上一磕，就听得咔嚓一声，棍子断了。菜刀队里的小妖们欢呼雀跃，庆祝他们的胜利。赵大婶的儿子有点得意忘形，他举着那两半截断棍，好像举着金杯，对着观众炫耀。书记的儿子冷不丁地捅出一拳，正正地捅在赵大婶儿子的鼻子上。赵大婶的儿子叫了一声，扔掉棍子，捂住鼻子就蹲在了地上。黑色的血从他的指缝里流出来。菜刀队里的小妖们围上来，有的蹲在他的面前，有的弯着腰站在他的身后，都瞪大了眼睛，连眼皮也不眨，仿佛在数着那些落在沙地上的血滴。一滴，两滴，三滴……血珠落地，立即与黄沙凝在一起。书记的儿子搔着脖子，显出了一些张皇失措的样子，但他的嘴里却说：

“狗东西，现在你知道大爷我的厉害了吧？实话对你说，大爷我还没舍得用劲呢，大爷我要是舍得用劲，这一拳，连你的两颗眼珠子都会打出来！你以为你们家的驴就白白地咬了我一口？这就叫做父债子还！”

书记儿子的话让我感到好生纳闷，难道赵大婶的儿子的父亲是那头咬了书记儿子一口的黑驴？尽管民间流传着毛驴太子的传说，但我是有一些生物学知识的人，我知道人和毛驴是不可能生出后代的。你要说人和大猩猩生出一个后代，我还能半信半疑，但你要说赵大婶和黑驴生出了这个鼻子流血的小家伙，我是宁死也不相信的。补充几句：民间传说的毛驴太子，是一匹唐朝的黑驴和武则天合伙生的，那家伙尽管武艺平平，但因为相貌奇特，嗓音特别洪亮，临阵一鸣，往往能威慑敌胆，所以很打了一些漂亮仗。赵大婶的儿子分明是被书记的儿子打败了。由此可见他的父亲也不可能是那匹黑驴。但且慢，赵大婶的儿子擦干了脸上的血迹，猛烈地站了起来。他的眼睛里放射出复仇的火焰，他的牙齿切磨得格格作响，好像咀嚼着一嘴玻璃。他从腰里抽出菜刀，说：

“孙子，你的末日到了！我们受你家的压迫已经受够了，哪里有压迫，哪里就有反抗！今天，我要为民除害，如果我不把你剁成八大块，我就往自己嘴里连塞八口黄沙！”

发完了这个古怪的誓言，他就挥舞着菜刀扑上前去。书记的儿子见事不好，转身就跑。赵大婶的儿子在后边穷追不舍。他们俩奔跑的速度几乎一样，所以他们俩之间的距离既没有拉长也没有缩短。我感到有些无聊，不由地打了一个长长的哈欠。我看到无聊的表情也出现在那些小妖们的脸上。事情总是在无聊到极点的时候发生有趣的转机：一个浑身黑色的人仿佛从地下冒出来似的，凸出在菜刀队与棍子队之间的沙地上。这个人穿着黑色的紧身衣服，脸上蒙着一块黑色的面纱，背后还拖着一条漫长的披风，脚上自然是黑靴子，手上戴着黑手套。他的身上唯一裸露的是头发，头发自然也是如墨一般黑。这人从一出现就开始冷笑，他的笑声仿佛一群夜猫子在白杨树间飞翔。他慢慢地往河堤上倒退着，一直退到了我的面前。我闻到了他的身上散发出一种昏天黑地的气味，站在他的背后，我感到暗无天日，好像到了世界的末日。我挖空心思，想猜出他的真面目，但我的脑子里是一团漆黑，连一线光明也没有。终于，他开始说话了。他的腔调很怪，声音好像从井里发出，他说：

“孩子们，你们应该上树，你们为什么不上树？！”

说完了这句话，他继续冷笑。

书记的儿子四肢扒住一棵光滑的树干，简直就是一匹壁虎，噌噌地上了树。赵大婶的儿子原本就是爬树的高手，紧随着书记的儿子，他也噌噌地上了树。他爬树时只用了一只手和两条腿，他那只没用来爬树的手里高高地举着那把菜刀。新的追逐在树上展开了。书记的儿子爬到顶梢，眼见着到了穷途末路，赵大婶的儿子举起菜刀，果断地剁下去，书记的儿子身体一转，从树干的另一侧，一滑到地，动作流畅，无半点挂碍。赵大婶的儿子怎甘示弱？他用力把菜刀从树干上拔出来，也是一滑到地，好像炮弹滑入炮筒。但等到赵大婶的儿子一滑到地时，书记的儿子又沿着树干噌噌地爬了上去。赵大婶的儿子自然又跟着爬了上去。

站在我面前的黑色人从袖子里抽出一面黑色的令旗，在阳光下展开。他将黑旗一挥时，菜刀队里的孩子与棍子队里的孩子就疯子似的向对方扑上去。他们很快就找到了自己的对手，一个对一个，正好配成了十对。他们决斗的方式与书记的儿子和赵大婶的儿子的方式一模一样，没有一丝一毫的区别。也是先像斗鸡一样相互瞅着，瞅到懈怠时，拿棍的往前一戳，几乎戳到拿刀的肚皮，拿刀的握住棍子，挥刀乱砍，接下来也一样，恕不重复。最后，他们都在树上追逐，你上我下，我下你上。他们的追逐游戏把十几棵大杨树弄得生气勃勃。就这样过了很久很久，杨树上的叶子由绿变黄，胶河里的水由黄变绿，秋风从河对岸吹来，一行大雁从天空飞过，雁声嘹呖，我打了一个寒战。黑色人一挥令旗，把树上的孩子全都定住了。拿菜刀的都举起刀，对准了头上那些孩子的屁股，我知道只要黑色人一挥手，就会有十几块屁股落在沙地上，那么，我们村子里就有了十几个半腚孩子，那么，我们村子里就永无安宁之日了。

黑色人转过脸，尽管我看不见他的眼睛，但我非常清楚地知道他的眼睛在盯着我。我知道，严峻的考验摆在了我的面前。我的心里有一些紧张，但我努力克制住自己，装出了一副满不在乎的样子，静静地等待着。他说：

“现在，这些孩子的命运，就系在了你的身上！你是愿意让他们变成残废，然后疯狂地报复这个社会呢，还是希望他们健全地成长，长成健全的青年？”

我想了想，坚定地说：

“先生，我别无选择，您说吧，需要我干什么？”

“你什么样的苦难都愿意承担吗？”

我点点头，算是对他的回答。

“你应该知道，”他冷如寒冰地说，“我们中国有几句俗话，一句叫做‘开弓没有回头箭’，还有一句叫做‘君子一言，驷马难追’。”

我虽然看不到他的眼睛，但我知道他那两只肯定也是黑如煤球的眼睛一定在黑色的面纱后边死死地盯着我。尽管我心中怀着大恐怖，但我还是抱着一种悲壮的精神，坚定地说：“先生，您什么都不要说了，我已经做好了牺牲自己的准备。这样做并不是我有多么勇敢，也不是要为了什么理想来献身，我只不过是自己厌倦了自己罢了。”

他点点头，说：“很好，你的话甚至让我有了一点微微的感动。几十年来我听了许多慷慨激昂的话，但事到临头，总是要大打折扣，所以我宁愿相信低调的无奈诉说，而不愿再听高亢的誓言。”

我说：“先生，可以开始了。”

他说：“是的，可以开始了，第一行秋雁，已经从我们头上飞过去了！”

他把身后拖着的漫长的斗篷挥舞起来，让它如同一面涨满海风的黑帆。他随着斗篷旋转着，也可以说是斗篷随着他旋转着。然后，就如变戏法一样，两块方形的状如门墩的石头出现在我面前的沙地上，紧接着，一块青色的石板落在那两块石墩上。随即，在石墩之间和石板之下，一堆劈柴燃起了黄色的火焰。一股十分好闻、让我心情愉快的松木的香气猛烈地扑进了我的鼻子。我看到，那块被强劲的松木火烧烤着的青石板渐渐地改变了颜色。先是由青变黄，继而由黄变红，最后由红变白。我知道，石板上的温度已经非常之高了，如果把新鲜的羊肉放上去，立即就会冒出白色的油烟，随着那白烟的散发，白杨树林间马上就会弥漫了烤羊肉的香气，如果再撒上点孜然、辣椒粉，如果再打开两瓶子啤酒，野餐会就可以开始了。

“请吧，先生，请您坐上去吧！”我听到黑色人在我身后客客气气地催促着。

我的心脏猛地就收紧了，眼前飞舞着许多柳絮状的东西。我想起了自己方才说过的话，感到后悔无比。但男人的自尊心不容我退却。我硬着头皮挪到火堆前。猛烈的火烤着我的肌肤，我感到脸皮紧缩，头发直竖起来。我低下头，往石板上吐了一口唾沫。只听到“刺啦”一声响，唾沫缩成了一个珍珠般的小球，在石板上兴奋地跳动着，转眼就消逝得无影无踪。我不由得打了一个寒战，仿佛亲眼看到了屁股坐到石板上时猛然蹿起的那圈白与黄夹杂着的烟雾，我的鼻子也闻到了那股难闻的气味，同时我的屁股也感受到了痛苦。

“请吧，先生，坐下去吧，这是一个让你顷刻间便能成为英雄的宝座，您如果横下一条心，一咬牙，一闭眼，也就坐下了。人生一世，这样的机会并不是很多，就像俗话说的那样，‘过了这个村，就没有这家店了’。”

我知道，把我逼上这条路的，并不是身后的黑衣人，更不是那些倒悬在树上的孩子。把我逼得进退两难的，是我自己发的誓言。而逼着我发出那些誓言的，是我的所谓的良心。

“当然，我不会硬逼你坐到这热如炮烙的石板上，我更不会运用超自然的力量把你放到这石板上。尽管我完全可以把这世界上的任何一个人放到这石板上。”他在我的身后冷静地说着，“我想让你明白，这个世界上，最可怕的就是‘话语’。如果你不是一个货真价实的流氓，你就不要轻易说话。你实在要说话，最好说一些模棱两可的废话。你千万别想借说话的机会来表现你的所谓个人风格或是雄心壮志，古往今来，有多少英雄豪杰像你一样被自己的话逼上了不归之路。我想，你是个比较聪明的人，总不会不明白我的意思吧？”

我回过头，感激地望着黑色人那张被黑纱笼罩的脸。我说：“大师，您真是善解人意。您法力无边，所以您才能如此宽容。”

他说：“你又在重复刚才的错误了。你不知道，当面吹捧任何一个人，其结果与乱发誓言是一样的，都将受到话语的惩罚。你难道没听说过这样的话？吹捧一个人，不如吹捧一头奶牛，因为吹捧一头奶牛可以让奶牛多下奶，而吹捧一个人，却什么都得不到。我的话你明白不明白？”

我说：“似乎有点明白，但好像什么都不明白。您也许不知道，六十年代时，我与许多少年一样，因为得不到足够的营养，把大脑饿坏了。尽管到了八十年代，我吃了许多鸡鸭鱼肉，进行了恶补，但我的大脑已经停止了发育，鸡鸭鱼肉只是让我的体内积存了大量的脂肪，一丝一毫也没有增添我的智慧……”

“你的话让我感到厌恶！”黑色人说，他的声音仿佛青色的刀刃在秋风中颤动，“你应该知道，真正的愚蠢并不是智力低下，真正的愚蠢是抱怨，是诿过于他人、诿过于社会。这就像俗话说的那样，‘拉不出屎来怨厕所不正，不会游泳怨鸟挂藻菜’。你们这样的人，虽然活着，但其实早就变成了行尸走肉！”

我感到自尊心受到了巨大的伤害，一股怒火在胸中酝酿，像窖藏的老酒一样，终于成熟。我说：“请您不要教训我了，我豁出屁股，坐在这被鬼火烧红的石板上不就行了吗？士可杀而不可辱，这道理您应该懂！”

说完这句话，我就抱着必死的决心，一屁股坐到了那被烈火烧烤得泛白的石板上。但是我的屁股并没有感到灼痛，我的眼睛也没有看到腾起的烟雾，我的鼻子也没有嗅到烤肉的气息，我的耳朵听到了黑色人响亮的大笑。定睛一看，我已经坐在了胶河的大堤上。阳光照耀着白杨树林，树干上的孩子像一个个丰满的宝葫芦在闪闪发光。那石墩那石板那烈焰都在，只是我莫名其妙地远离了它。

黑色人站在河堤下，因为他的身体高大无比，所以他的脸与我的脸在一个海拔高度上。尽管我还是无法看到他的眼睛，但我感觉到他的眼睛里放出了一丝丝温情，宛如明亮的蚕丝在微风中飘摇。他把面纱掀开一点，露出了下巴和口唇。我惊异地发现，他的下巴光滑得如同一只老牛的角，而他的嘴唇鲜红如樱桃，与我想象中的样子大相径庭。他一定看出了我的惊异，我从他的红唇边角上看出了嘲讽之意。他说："这是对你的奖赏！多少年来，还从来没有人看到过我身体上的一丁点儿皮肤，更甭说看到我的下巴和红唇。我在这河堤上等待了半个多世纪，见到过将军也见到过士兵，见到过贵族也见到过平民，见到过英雄也见到过无赖，但还没见到过一个像你这样的敢一屁股坐到石板上的人，尽管我知道你是带着情绪往石板上坐，但这就让我十分地感动了。你已经基本上完成了英雄壮举，社会只看结果，不看目的。但我不忍心毁了你的一生。你难道没有看到，海峡对面，正在进行一场争论，争论的焦点是，一个男孩，屁股被烫伤后，是否就必然地丧失了生儿育女的能力。为了不让你在将来也陷入这无聊的论争，所以，在你的屁股即将接触到石板时，我把你提起来了……"

我感到温热微咸的泪水流进了嘴角，我的心中充满了对黑色人的感激之情，还有对自己的满意之情。我终于在最容易动摇的时刻，下定了牺牲的决心，从此后我就可以问心无愧地活下去了。

"从今后我就可以问心无愧地活下去吗？"我问黑色人。

他拉下面纱，蒙住了红唇和下巴，天空中顿时布满了阴霾，好像随时都会落下冻雨。他说：“恰好相反，这个世界上，问心无愧的永远是流氓和强盗，而不是良民和圣徒。也就是说，问心无愧的人无论做了什么，他都是问心无愧的；问心有愧的人无论做了什么，他都是问心有愧的。这就像狼生下来就要吃肉，狗生下来就要吃屎是一个道理！”

黑衣人的话，宛如一股严肃的西北风，吹散了我心中刚刚滋生的温情。温情散尽，我也就明白，温情是一种害人不浅的不健康情绪，很多事情就坏在温情里。温情是叛徒的培养基，心中充满温情的人很容易叛变，而心中没有温情的人很容易不叛变。这就跟“狼走遍天下吃肉，狗跑遍天下吃屎”是一个道理。

黑色人分明是看透了我的心，他说：“你果然是个聪明人，尽管你少年时脑子缺了营养，但总起来看还算发育正常。你已经基本上明白了人生的小道理，人生的小道理就是没什么道理，如果你非要把原本就没道理的事说出一点所谓的道理，你要么是圣人，要么是蠢驴。”

他的话我越听越糊涂，但我却伪装出大彻大悟的样子，虚伪地说：“真是‘听君一席话，胜读十年书’，真是‘如坐春风，如沐春雨’，真是‘打开两扇脑门骨，一瓢醍醐灌顶来’！”

他说：“既然如此，那么，就请你去帮我买一包香烟吧！”

我说：“小事一桩，愿意效劳！”

我爬下胶河大堤，手掌上扎满了酸枣刺，膝盖上扎满了蒺藜。其实我完全可以挺直腰板，堂皇地走下河堤。没人逼我爬下河堤，但我却像一条狗似的爬下了河堤。我头朝下臀朝上爬着下河堤时，感到许多血液流进了脑袋，头晕眼花，但我并没有感到这下河堤的方式包含着侮辱的意味，我只是到了河堤下站起来时才感到内心屈辱。我用牙咬掉了手掌上的硬刺，泪水如雨点般乱纷纷地落在了手上。我挥挥手，把泪水甩掉。回头望望高高的河堤，我看到黑色人像一棵松树，挺立在河堤上。我还是看不到他的脸，但我还是仿佛看到了他脸上的笑容。我心里有委屈有恼怒，但充满胸怀的是一种感恩戴德的情绪。我记得自己飞快地向着农场的小卖部跑去，小卖部里卖一种味道很臭的三棱形香烟，据说是出口转内销的东西。出口转内销的东西往往就是好东西，譬如说出口转内销的干电池就比不出口转内销的干电池电力充足，经久耐用。

我冲进小卖部时，恰好有一束金色的阳光照耀着售货员的脸。这是一张葵花盘子般的圆脸，颜色自然也是金黄，上边还挂着厚厚一层花粉。有几只蜜蜂在那张脸旁嗡嗡地飞舞着，其意图十分明显。但那张脸的主人显然是误解了蜜蜂的意图，她也许以为蜜蜂要螫她，所以她的那只粗大的手不时地挥舞起来，把蜜蜂打得像子弹般钉在墙上。

我可顾不上去抢救蜜蜂，与挂在树上的那十几个孩子相比，几只蜜蜂算什么？但我刚这样一想，耳边就传来黑色人阴险的声音：

“我对你真感到失望，谁跟你说过孩子就一定比蜜蜂重要？难道是我对你这样说过吗？”

“您的意思是让我把蜜蜂抢救出来？”

“我说过这样的话吗？我会说这样混账的话吗？”

我为动辄得咎感到恼火，心里想：去你妈的，爱怎么着就怎么着吧！我抬起一只脚，把一只正在地上团团旋转的蜜蜂一脚碾死，然后怒冲冲地拍了一下柜台，大喊：

“买烟！”

那张葵花脸在阳光中睁开了一条细缝，一些金黄的花粉掉下来。我听到一声比蚊子哼哼还要细弱的声音，从葵花脸上传出：

“没有烟了……”

我把头往前探出去，分明地看到一盒出口转内销的香烟端正地摆在货架上。

“那是什么？”我用手指着那盒烟，愤怒地说，“那是什么？！”

葵花脸扭转，看看那盒烟，回转过来，对我说：“那是一盒香烟。”

我说：“我就要买那盒香烟！”

葵花脸说：“没有烟了……”

她的声音比蚊子哼哼还要细弱。

明明货架上摆着一盒香烟，她却说没有香烟。我感到怒火中烧，回头望望，空旷的小卖部门前看不到一个人影，只有几只鸭子在摇摇晃晃地散步。于是我就一纵身蹿进了柜台。葵花脸气急败坏地提高了嗓音：“你干什么？你想干什么？”现在她的嗓音沙哑而高亢，我估计三里之外都能听到她的吼叫。她伸手扯住了我的胳膊，用力把我往她的胸前拉，我嗅到了从她的嘴里发散出发酵饲料的气味。起初我认为这种气味很难闻，但一会儿工夫，我就被陶醉了。我感到脑袋微晕，好似喝多了老酒。尽管我心里还在惦记着香烟的事，模模糊糊地还想挣脱她的牵拉，但事实上已经丧失了反抗能力。即便还有反抗能力我也不一定反抗了，因为那股甜丝丝的糖化饲料的气味实在是太醉人了。然后我们就如一对老朋友似的坐在了一起。

我与她对面而坐，在我们之间安着一个竹编的茶几，茶几上摆着一套精致的紫砂茶具，浓郁的香气从壶嘴里散发出来。我目不转睛地盯着从壶嘴里溢出的袅袅热气，盼望着她能倒一碗茶水给我品尝，可是她全然没有倒茶的意思。她坐在我对面，大大咧咧地劈开着两条腿，还用双手很有节奏地拍着膝盖，一些前言不搭后语的话从她的嘴巴里吐出来，就像碎草从铡草机的出草口喷吐出来。我听了好久才听明白她似乎是在对我讲述自己的家史，她的两边嘴角上，各挂着一朵小泡沫。我早就听说，嘴角挂泡沫的女人讲起话来比万里长江还要长，如果我听完她的话再喝茶，那这壶茶将变成白毛苍苍的老人，空将香气四溢的青春浪费。古人早就教导我们，不要暴殄天物，那么，我自己倒一杯茶润润喉咙，不但不是不懂礼貌，而且是遵循了古人的教导，干了一件替天行道的好事。想到此我就提起茶壶，往茶碗里倒水。我看到茶汤金黄，好像琥珀。一盏入口，先是有点苦头，但几分钟后，就有一种奇特的甘甜充满了口腔，甘甜过后是润滑，那感觉好似口腔里挂上了丝绸。

我一连喝了三杯茶，便义无反顾地站起来，顺手从货架上拿起那盒香烟，大摇大摆地走出店门。我沿着长满荆榛的小路向前走，把河滩上那群打糊涂仗的孩子抛到脑后，把那个神神鬼鬼的黑衣人抛到脑后，把那嘴角上挂着泡沫的女人抛到脑后，把一切的一切抛在了脑后。我只要向前走，我只为向前走，我只是向前走，我只想向前走，哪怕前面是地雷阵，或是万丈深渊。

（一九九八年）

一匹倒挂在杏树上的狼

元朝的时候，我们那地方荒无人烟，树林茂密，野兽很多，有狼有豹有猞猁，据说还有一窝老虎。明朝的时候，朱元璋下令往这里移民，还把一些犯了错误的人撵来。这里人烟渐多，树林被砍伐，土地被开垦，野兽的地盘渐渐缩小。到了清朝初年，我们这地方就成了比较富庶之乡，树林更少了，野兽自然更少。到了清末民初，德国人在这里修建铁路，树木被砍伐净尽，野兽彻底地丧失了藏身之地，只好眼含着热泪，背井离乡，迁移到东北大森林里去了。到了近代，国家忘了控制人口，使这里人满为患，一个个村庄，像雨后的毒蘑菇，拥拥挤挤地冒出来，千里大平原上，全是人的地盘，野兽绝迹，别说狼虎，连野兔子都不大容易看见了。大人吓唬小孩子虽然还说“狼来了”，但小孩子并不害怕。

狼是什么？什么是狼？大孩子在连环画上也许还看到过，小孩子脑子里就一团模糊了。在这样的背景下，突然有一匹狼，深更半夜里，进入了我们的村庄。

我们看到它的时候，它已经被拴住一条后腿，吊在杏树的枝杈上。杏树生长在我们的同学许宝家的院子里，树冠庞大，满身疤瘤，是棵老树。我们曾经蹲在树枝上吃过杏子。现在，狼被挂在我们蹲过的树杈上。今年的杏花已经落了，鹅黄色的叶片间，密集地生长着毛茸茸的小杏。

听到狼的消息时，我正在去学校的路上。同学苏维埃从学校的方向迎着我狂奔而来。我拦住他问：

"苏维埃，你跑什么？是不是你的娘死了？"

"你娘才死了呢！"苏维埃气喘吁吁地说，"你这傻瓜，还到学校去干什么？"

"上学呀，难道今天不上学了？"

"还上什么学呀！"他说，"都到许宝家看狼去了，都去了。"

苏维埃不再跟我废话，朝着许宝家的方向跑去。苏维埃是个很不诚实的孩子，他曾经对我们说：快快快，快去生产队的饲养室里看看吧，那头蒙古母牛生了一个妖怪，有两条尾巴五条腿！我们一窝蜂窜到饲养室，才知道是个骗局。耽误了上课，老师把我们训了一顿。我们对老师重复了苏维埃的谎言，老师揪着他的耳朵把他拖到门外罚站。我们在教室里听老师讲枯燥的算术，他在门外对着我们扮鬼脸。我追着他的背影喊："苏维埃，你又在撒谎！"

"爱信不信！"他不回头，一边喊着，一边朝着许宝家方向跑去。

我还在犹豫不定，就看到一大群人，从我们学校的方向跑过来了。人群中有老师，有学生，还有村子里的干部。

"你们这是干啥去？"我问。

我们班的体育委员王金美推了我一把，说："走走走，看狼去！"

她长了两条仙鹤腿，跑得快，跳得高，连男生都不是她的对手。我紧跟着她跑起来。她的步伐很大，她跨一步我要跑两步。她很友好地伸出一只手拉着我的手，我紧挪小腿跟着她蹿，就像骏马尾巴后的一头笨驴。

我和王金美是许宝的好朋友。我们三个之所以能成为好朋友是因为我们都喜欢看小人书。我有一整套的《三国演义》连环画。王金美有一整套的《铁道游击队》连环画。许宝什么书都没有，但他会刻图章，还会讲一些令人胆寒的鬼怪故事。许宝少年老成，额头上有抬头纹，咳嗽起来活像老头。看熟了《三国演义》，他额头上的皱纹更深，整天说一些老谋深算的话，我们不高兴他这样，就骂他：妈的许宝，不许冒充诸葛亮。我和王金美叫他老许，他听了很喜欢。每逢星期天，我们就坐在他家的杏树杈上，或是看那两套看了几百遍的连环画，或是听他讲鬼故事。许宝的爹死了，许宝和他娘一起过日子。我们认识许宝的娘，许宝的娘也认识我们。我们认识许宝家房檐下那两只燕子，那两只燕子也认识我们。我们坐在杏树杈上看书入迷时，那两只燕子就蹲在院子里晒衣服的铁丝上看着我们。我们还认识经常到许宝家来玩的小炉匠章球。章球脸色靛青，外号古巴人，也有叫他章古巴的。他阅历丰富，闯过关东，有一手锔锅锔盆的好活，据说能把电灯泡从里边锔起来。我们坐在杏树杈上，可以看到他坐在许宝家的炕沿上跟许宝的娘说话。

等我们跑到许宝家的土墙外边时，院子里已经挤满了人。后来的人还想挤进去，两扇不坚固的大门吱吱嘎嘎响着，连那个小门楼子也在摇晃。院子里一片乱哄哄的议论声，听不清楚人们说了些什么，只听到许宝大声喊叫：“都走吧，都走！有什么好看的？真是的。想看就回家等着去吧，没准今天夜里狼就到你家去！”

听到了老朋友的声音，我们兴奋地大喊：

“老许！老许！”

“老许！老许！”

老许不回答我们，我们听到他在院子里大声地骂人：

“滚滚滚，都滚，把我们家的大门挤破了！”

王金美发挥了她的体育特长，伸手抓住土墙头，一蹿，就上去了。

我也跟着往上蹿，上不去，着急。老王，拉我一把！真笨！还是个男的呢！她伸手把我拽上去。墙外的人受到我们的启发，跟着跳墙，许宝举着一把竹扫帚，挤到墙根，对着墙头上的人连戳带骂：

“混蛋！下去！下去！”

除了我们之外，爬上墙头的人都被许宝给戳了下去。

“老许。”

“老许。”

“还老许什么？”他把我们拉下墙头，说，“你们带了坏头，把我家的墙头草都给毁了！”

“对不起，老许。”

“对不起，老许。”

“别客气了，跟我来吧。”

我们跟着老许，向杏树下挤去。

“闪开，闪开！”老许头前开路，用扫帚把子粗鲁地戳着人们的腰和屁股，“闪开，闪开！”

我们挤到杏树下，眼睛一亮，见到了这匹神秘的狼。

我们看到它时，它已经被拴住一条后腿倒挂在杏树的杈子上。它的头和我的脸在同一条水平线上，后边的人一拥挤，我的鼻尖就触到狼的额头。我从它的头上，嗅到了一股烟熏火燎过的气味。它的身体约有一米多长。全身的毛都是灰突突的。那条被拴住的后腿承受着它全身的重量，显得特别细长。它的尾巴与那条没被拴住的后腿委屈地顺在一起往下耷拉着，尾巴根子正好遮住了它的屁眼，使我们一时也分不清它是公还是母。奇怪的是它的尾巴只剩下半截，根儿齐齐的，散着一撮长毛，好像是被人用铁锨铲掉的，或是让人用菜刀剁掉的。这是一匹瘦骨嶙峋的狼，肚子两边肋条凸现，肚子瘪瘪的，看样子胃里没有一点食。当然，它被挂在树上时已经是条死狼，否则我怎么敢与它面对面呢？

后边的人拼命往前挤，像浪潮一样。我的头先是撞到狼的头上，然后和狼的头一起被挤到杏树的老树干上。狼头坚硬，宛如钢铁。王金美的脸和狼的肚子贴在一起，弄了她一嘴狼毛。狼正褪毛，轻轻一捏，便成撮脱落。王金美噼噼地吐着狼毛，大声喊：

“挤什么，挤什么？”

老许推了我一把，说：“伙计，咱们上树吧！”

我们三个轻车熟路，爬上杏树的枝杈，坐在习惯的位置上，轻松地舒了一口气。我们居高临下地看着倒吊的狼和拥拥挤挤地看狼的人。当然也有人满怀醋意地看着我们。苏维埃在人堆里踮着脚尖大喊：“老许，让我也上树吧！”

“想上树？”老许轻蔑地说，“那要绑住你一条腿，把你吊起来！”

众人哈哈大笑起来。人们能看到狼的就看狼，看不到狼的就仰起脸来看我们。有的人还趴在许宝家窗台上往屋子里望着，好像要窥探什么秘密。在人群里，我突然看到了班主任老师陈增寿，他个头很高，脖子特长，三角脸上生满了粉刺。看到他时我的心里不由得格登了一下。他的严厉在我们学校是有名的，无论多么调皮捣蛋的学生，到了他的班里都变得服服帖帖。这家伙像驯兽师一样，掌握着一套驯服野学生的方法。我们私下里送给他的外号也叫狼。

我低声对老许说："坏了，狼来了。"

"我已经有了对付狼的经验，我已经根本就不怕狼了！"老许大声地说，好像故意要让狼听到似的。

"许宝，给大家说说，到底是怎么一回事？"狼在人群里举起一只手，对着树上的我们摇了摇。

树下的人们困难地扭回脖子，看看陈增寿，然后又举目看树上，七嘴八舌地说："对对对，许宝，快给我们说说。"

许宝好像还嫌不够高似的，手扶着树杈站起来。他起身太猛，头碰到上边的树杈，杏树的枝叶嗦嗦地抖，十几颗缺乏营养的小毛杏像雨点似的落在地上。我看到许宝布满小疤的腿在打哆嗦。树下的人说："坐下说，坐下说，我们能看见你。"于是他就坐回了原处。

他清了一下嗓子，说：

"昨天夜里，我在东间屋里给王金美刻图章，从窗户外边刮来一阵风，把油灯刮灭了。我划着火把灯点燃，这时，俺娘在西屋里说：'宝儿，这么晚了，还点灯熬油的干什么？''给同学刻图章呢。''火油五毛三一斤呢，快睡吧！'俺爹死得早，俺娘一个人把我拉扯大不容易，我不敢惹她生气，就吹灭灯，爬到炕上睡了。我刚要睡着，就听到俺娘在西屋里大叫一声。我没顾得上穿衣服就跑了过去。‘娘，怎么啦？’‘宝儿宝儿快点灯！’我划火点上灯，看到俺娘围着被子坐在炕上，脸色像黄杏子似的。‘娘，怎么啦！’俺娘把头往墙上一靠：‘哎呀，吓死我了……’‘什么呀，娘？’‘你赶快端着灯，炕前锅后地照照，看看有什么东西。’我端着灯，炕前锅后地照了照，什么也没有。‘照了，什么都没有。’娘着急地说：‘肯定有东西，有个毛茸茸的大东西，压在我身上，还用大舌头舔我的脸呢！’我端着灯更仔细地把墙角旮旯都照了，什么都没有。‘您肯定是做了噩梦。’‘我还没睡着呢，做什么噩梦？’娘伸手摸摸脸，‘你试试，我的脸上还黏糊糊的呢！’‘那肯定是您睡着了流出来的口水。’‘放屁拉臊，我会流出这样的口水？’

“我回到东间里，看着月光很明地从窗棂间射进来，心里想着那个用大舌头舔俺娘脸的毛茸茸的大东西，迷迷糊糊地睡着了。这时，俺娘又发出一声尖叫，比刚才那一声还要可怕，我顾不上穿衣服就跳下炕，跑到西间房里。俺娘哭着说：‘宝儿宝儿，快快点灯……’我慌忙点着灯，看到俺娘用手捂着后脑勺子说：‘痛死我啦……痛死我啦……’我拉开俺娘的手，把灯凑近俺娘的头，一看，不得了了！俺娘的后脑勺子上，有四个像豌豆粒那么大的洞，上边两个，下边两个，洞里流出了黑血，看样子很深。俺娘将身体缩到炕角上，吓得浑身打哆嗦。俺娘打着哆嗦说：‘宝儿，一个大东西，一个毛茸茸的大东西……我说有毛茸茸的大东西，你非说没有东西……’俺娘被吓坏了，我心里也怕得要命，但是我一想，我是男人，如果我也怕了，那谁来保护俺娘呢？‘娘，你别害怕，我给您报仇！’我从房门上抽下门闩，紧握在右手里。我左手端着油灯，右手举着门闩，在屋子里搜索着。我搜遍了三间房子的每个角落，连墙角上的老鼠洞都伸进门闩去戳了，还是什么都没有。堂屋的门是闩着的，即便是真有一个毛茸茸的大东西，它也只能在屋子里，可屋子里什么也没有。‘娘，什么也没有。’‘有，一个大东西，毛茸茸的，嘴巴里湿漉漉的一股臭气……’我心里纳闷，看来屋子里有个毛茸茸的大东西是肯定的了，有俺娘后脑勺子上的四个黑洞为证，但是这个毛茸茸的大东西到底能藏到什么地方呢？我心里怕极了，不管它是什么样的大东西，如果我能看到它，我心里的怕还不会这样大，可怕的是我看不到它，但它又确实存在着。‘狗东西，’我大声喊叫着，‘我不怕你，我就是挖地三尺也要把你个狗东西挖出来！’俺娘缩在炕角上说：‘不是狗，不是狗！’我端着灯，在屋子里大声叫骂着来来回回地走着，看样子我很野，其实我是靠这样子给自己壮胆呢，因为我听章古巴大叔说过无论什么样子的猛兽，说到底还是怕人，如果你自己先草鸡了它就扑上来把你吃了，如果你不怕，硬对着它走过去，它就灰溜溜地跑了……”

我和王金美交换了一下眼神。对，章古巴大叔的确这样说过，而且是当着我们三个人的面说的。那是在去年杏子黄熟的时候，我们三个蹲在树杈上吃杏子，章古巴大叔坐在树下抽烟，许宝的娘蹲在一块捶布石前，用一根紫红色的棒槌捶打着一块白布。远处传来布谷鸟持续不止的叫声：咕咕咕咕，咕咕咕咕；近处是许宝娘的不紧不慢的捶布声：嘭—嘭—嘭，嘭—嘭—嘭—。空气里满是麦子花的清香气，混合进杏子的香甜和烟草的辛辣。章古巴大叔仰脸看着我们说：这三个孩子，处得真是义气。许宝娘说：俺宝儿孤儿一个，没有朋友怎么行？所以我再穷，这棵树上的杏子一个也不去卖，让孩子们吃。这两个孩子长大了，没准就是俺宝儿的左膀右臂。章古巴仰脸看看我们，坚定地说：我信！就是那天章古巴大叔给我们讲了许多东北大森林的故事，也给我们讲了人跟野兽的关系，还给我们讲了狼的故事。古巴大叔说，狼虽凶恶，但全身都是宝，即便在关东，谁要能得到一匹狼，也要发笔不大不小的财。许宝问：在我们这儿，谁要得到一匹狼，那会怎样？古巴大叔仰脸望着杏树上的许宝，说：小子，在我们这儿，谁要得一匹狼，那就要发大财，出大名！许宝说：老天爷，那就让我得到一匹狼吧！古巴大叔说：只怕狼真的来了，吓得尿了你的裤子！狼是什么？狼是山神爷爷的看家狗！那可不是闹着玩的。许大娘训斥许宝道：宝儿，往后不许说这些疯话！古巴大叔道：不要紧，不要紧，其实，狼真要到了平原，也就变成了狗。但说到底狼还不是狗。狗啥都不是，狼全身是宝，就连狼粪，也是好宝。古人在烽火台上点火报警，必用狼粪。狼粪燃烧时冒出的烟是笔直的，像松树一样，八级风都吹不散。古书上说“狼烟四起”，说的就是用狼粪点火冒出的烟……

“我实在是有点累了，就把灯挂在门框上，一屁股坐在了门槛上。这时候，我的目光一斜，天哪！有两只绿油油的眼睛，在黑洞洞的锅灶里闪烁着。我不由得大叫一声：‘娘，我看到了！’我举起门闩，在锅灶口挥舞着，嘴里呀呀地叫唤着。这时，俺娘也从炕上跳下来，问：‘在哪里？在哪里？’‘在锅灶里！’俺娘搬过一块面板，堵住了锅灶口，还用身体死死地顶住面板，生怕这东西跑出来。‘怎么办？宝儿？’我想起了《三国演义》，诸葛亮动不动就用火攻，点火，放烟，烧不死也熏死了。‘火攻，火攻！’我点燃了一个草捆，让火燃得很旺了，然后让俺娘把面板猛地撤了，我把熊熊烧的草捆猛地戳进了锅灶。

“我找到那根俺娘用来捶布的大棒槌攥在手里，在灶门口等待着，只要它敢往外钻，我就一棒槌砸破它的脑袋。俺娘忍着头上的痛，不停地往锅灶里续草，让灶中的火一刻也不熄灭。我听章古巴大叔说过，野兽最害怕的就是火，不但狼怕，连老虎也怕。屋子里的柴草烧完了，俺娘就跑到院子里往屋里搬草。烧着烧着，锅上的盖垫突然冒起了白烟，一掀锅盖，发现锅已经红了。我们光顾着火，竟忘了往锅里添水。我从水缸里舀了一瓢水倒进锅里，只听得嗞啦啦一阵怪响，一股白气直冲到房顶上去，把壁虎都冲了下来，掉到锅里烫死了。紧接着就听到锅里一声爆响，我家的铁锅爆炸了。俺娘哭起来：‘宝儿，锅炸了，咱娘儿两个用什么煮饭吃呀……’我心中充满了对这东西的愤怒，那时候我还不知道它是一匹狼。我说：‘娘，咱豁出去吧，反正锅已经炸了，咱不能让这个狗东西好过，烤不死它咱也要用烟呛死它。’娘同意了我的意见。我们娘儿俩把一垛棉花柴都烧光了，积存的草木灰把锅灶里塞得满满的。我们把半年的柴草都烧光了，把那个烤糊了的破盖垫也踩碎了塞进锅灶。我们的锅也烧化了，满屋子烟气腾腾，呛得人喘不上气来。我说：‘娘，差不多了。’娘拿起一把破扇子，使劲往锅灶里扇着风，没烧透的草梗燃起青白的火苗，我知道这种蓝白火热度特别高，这也是章古巴大叔告诉过我的。后来草梗也燃完了，我端起一张铁锨，猛地往锅灶里铲去。锨刃铲到灶底上，一股热灰从灶口飞出来。这东西不在锅灶里了。我说，娘，这个狗东西钻到炕洞里去了，而且百分之百是让烟给熏死了。娘说，你怎么知道它熏死了？万一熏不死呢？我说保证熏死了，我天天研究《三国演义》，知道这火攻的厉害。

“我用面板堵住灶门，板外又顶上一块捶布石。院子里的风刮进我家，感到特别清凉，我家像个刚刚停火的大砖窑，堂屋里热，西间屋里也很热。我娘的炕就像热鏊子似的，完全可以在炕上烙饼。炕上的苇席变成了黄色，炕席下的垫草也焦糊了。我说娘您伸手摸摸你的炕，有多么热，那东西即便是铜头铁腿也活不了了。我说娘您到院子里凉快一会儿，我来揭开炕洞看看这东西到底是个什么东西。俺娘还是不放心，她握着一把菜刀守在锅灶旁，万一那东西像孙悟空似的，掌握了避烟避火法，昏头昏脑地往外蹿，俺娘就会给它一菜刀。我搬走俺娘的铺盖，揭了炕席，抱走了铺草，铺草都酥了，一动就碎成粉末。我找了一把二齿钩子，把炕面上的泥刨去，掀开了土坯。一股子呛鼻的烟气直冲屋脊。俺娘攥着菜刀，双腿直打哆嗦。我掀开一块土坯，看不到那东西；又掀起一块土坯，还看不到那东西；我心里扑通扑通乱打鼓，见了鬼了吗？难道这东西变青烟从烟囱里飞走了吗？又掀开一块土坯，我看到这东西的尾巴了。举起二齿钩子等待着，只要它一动，我就给它一下子，决不客气。但是它一动不动，用二齿钩子捣它也不动，我才知道它已经死了。我说，娘，它已经死了。俺娘攥着菜刀，晃晃悠悠地进来，问：‘在哪里？在哪里？’我伸手扯住它的尾巴，把它往外拽了拽。俺娘一看到它，叫唤了一声，双腿一罗锅，就坐在了炕前地上。待了一会儿，俺娘问我：‘宝儿，这是个啥东西？’我想了想，说：‘娘，我看它是一匹狼……’”

老许说完了打狼经过，一时没有人说话。众人的眼睛一会儿盯着杏树，一会儿又下移到狼身上。老许真不简单，与咬人的恶狼斗智斗勇，最后取得了胜利。我感到他一夜之间变成了大人，跟我们拉开了距离。

“许宝，你是一个勇敢的少年，我回去一定要把你勇斗恶狼的英雄事迹往上汇报，你自己要有点思想准备。”我们的班主任陈增寿说，“许宝可以在家休息，其余的人回去上课。”

陈老师往外挤去，有一些听话的好学生跟随着他往外挤。我看看王金美，看到她正在看许宝，我也看着许宝。

许宝说：“你们别走，咱们不是早就说好了吗？‘不能同年同月同日生，但愿同年同月同日死’吗？”

“我们不走，老许，”王金美说，“我们要好好陪着你。”

这时杏树下有人问：“许宝，光听你一个人吹，你娘呢？”

“俺娘到章古巴大叔家治伤去了。”

“是啊，”那人说，“你娘的伤，也只有章古巴能治好……”

“俺娘来了！”许宝激动地说，“俺娘和章古巴大叔一起来了！”

我们的目光越过土墙，果然看到许宝的娘与章古巴一起，从那条弯弯曲曲的小胡同里走出来。

许宝的娘是个白脸长身的中年妇人，因为头痛，双眉之间捏出一个紫红的印子，长年不褪，好像点了一个大胭脂。她说起话来细声细气，对我们态度和蔼，我们叫她许大娘。

章古巴大叔的牙其实并不很白，但由于黑得发青的脸色，他的牙看起来就特别白。

章古巴大叔与许大娘站在一起，对比鲜明，黑的更黑，白的更白。

众人主动地让开了一条道路，让他们很顺利地来到了杏树下。

“娘。”

“许大娘。”

“许大娘。”

“你们这些孩子，怎么又上了树？”许大娘仰脸看看我们，幽幽地说。

她双眉间的紫印像一块葡萄皮，两腮上有一些红晕，好像喝了酒。

有一个女人问：“许大婶，咬得重吗？”

她叹了一口气，眼睛里汪着泪水，说：“连狼也欺负我们孤儿寡母……”

“许大婶，让我们看看您的伤。”

“娘，给她们看看，她们还以为我在撒谎呢！”

“这难道还是件光荣的事？”许大娘抬头看看树上的我们，又转身看着院子里的人们，“要不是我们宝儿胆大，我就被这个狗东西给祸害了……”

她掀起脑后的发髻，现出了那片伤痕。那儿原本有四个深深的牙印，但此刻那四个牙印被一些黑乎乎的膏状物覆盖了。

“痛吗？”

“痛得我，说句丢人的话，痛得我放声大哭，大汗淋漓，衣服就像放在水里泡过似的……多亏了他章大叔的药，这药一抹上，就感到一阵清凉，虽然还是痛，但比不抹药时轻多了……”

“章古巴，你弄的是什么灵丹妙药？”

“告诉你，告诉你我的饭碗不就打破了吗！”章古巴笑嘻嘻地说，“这是祖传秘方，你如果想知道，就跪下磕头拜师吧！”

章古巴大叔从腰里摸出一把剪刀，一个小布口袋。他用剪刀仔细地剪下狼身上的毛，一撮一撮地放在小口袋里。

“老章，你剪狼毛干什么？”

“按说我不该告诉你这尖嘴猴腮的货，但是我不能不告诉乡亲们，”章古巴扫了众人一眼，大声说，“乡亲们，宝儿娘去找我时，痛得呜呜地哭，像个小孩子似的，我拿出药给她抹上，是个什么效果，我不说，让她自己说，我看她也不用说了，事实就在眼前明摆着。这药，还是我闯关东时合成的，这十几年来，咱这周围十几个村子里，被狗咬了的，被猫抓了的，都到我那儿去讨药，都是药到痛止。这药我只剩下一个壶底子了，寻思着再也不能用我的药给乡亲们服务了。但天赐良机，药源来了！药源是什么？”他剪下一撮狼毛举起来，说，“药源就是这狼毛！乡亲们，亲不亲，一乡人，今日个我就把这秘方毫无保留地贡献给大家，也为我自己积点阴德。把一两狼毛烧成灰，用一两蜂蜜、二两香油，搅拌在一起。要用新竹筷子搅，左搅三百六十圈，右搅三百六十圈，再左搅三百六十圈，再右搅三百六十圈，一直搅到用筷子一挑，能拉出像蛛网一样的透明细丝，然后装进不透明的瓶子里，放到阴凉处就行了。乡亲们，我这秘方，要是卖给医院，怎么着也得卖个三百五百的，今天我把它无偿地贡献给大家了！”

章古巴剪了一小袋狼毛，对许大娘说：“别说咱这大平原地区，现在，就是东北大森林地区，要弄匹狼也不是件容易的事情。我剪你这口袋狼毛就算我给你治伤的报酬了，剩下的狼毛，我看你把它剪下来，合成药卖给医院，没准能让你们娘儿两个发点小财。”

“卖药的不积德，积德的不卖药，”许大娘说，“乡亲们，你们谁想合药，就过来剪狼毛吧！”

“宝儿娘，”章古巴说，“您这觉悟，真是没说的！乡亲们，谁要狼毛？俺老章今日为大家服务！”

“俺要一点！”

“给俺剪点！”

“俺也来点！”

……

咔嚓，咔嚓，咔嚓……

一撮，一撮，一撮……

狼身上的毛被剪得乱七八糟，显得更加瘦弱，从上边往下看，如果不知道它是一匹狼，一定会把它看成一条可怜巴巴的癞皮狗。

一个抱着小孩子的年轻妇女挤到前面来，要了一撮狼毛。她怀里那个拖着两道黄鼻涕、正在咿呀学语的小男孩伸出一根胖嘟嘟的手指，指着倒吊在树上的狼，含含糊糊地说：“狗……狗……”

章古巴大叔停住剪狼毛的剪刀，目光炯炯地盯着那个小男孩。男孩的娘显得很不好意思，拍了一把男孩的屁股，说：“傻孩子，这不是狗，这是狼！”

男孩把嘴里的手指拿出来，流着哈喇子，指着倒挂在杏树上的狼，说：“狗……狗……”

男孩的娘羞得满脸通红，不好意思地看着章古巴，再看看许大娘。

章古巴叹口气，把一撮狼毛塞给那个年轻的妇女，说：“别说一个吃奶的孩子，这满院子的大人，除了我以外，谁又见过狼呢？”

“章球，你给我们讲讲狼和狗的区别吧，经这孩子一说，我也看着这东西像条狗。”白胡子赵大爷拄着拐棍，颤颤巍巍地说。

“小孩子把狼看成狗，是情有可原的，可您经多见广的赵大爷把狼看成狗，就丢了眼力见儿了！”章古巴盯着发问的老汉，说，“要说狼不像狗，那是不可能的，因为狗的祖先就是狼。但狗和狼还是有明显的区别的，稍微有点见识，就能分辨出来。”他用剪刀敲敲狼的脑壳，发出嘭嘭的响声：“听到了吗？像敲小鼓似的，你们自己去打一个狗脑壳敲敲，听听能不能发出这样的响声？为什么？狼是铜头麻秆腰！”他把剪刀揣进怀里，搬起狼头，让狼的脸朝向众人：“好好看看，狗脸是什么样子？狗脸是那样的，可狼脸是这样的！”他用手掰开狼嘴，狼龇出两排雪白的牙：“看到了吧？狼牙是这样的，可狗牙是那样的！”他扯起一只狼耳朵，说：“狗耳朵是耷拉着，狼耳朵是支棱的！”他扒开一只狼眼，“狼眼是绿的，狗眼呢？狗眼是什么颜色？谁能说出狗眼是什么颜色？”他抬头看看我们，问：“你们三个大学生，能说出狗眼的颜色吧？”

我和王金美看着老许，听得老许低声说，黄色，于是我们就像回答老师提问一样，大声回答：

“黄色！”

“对极了，狗眼是黄色的！”章古巴大叔高兴地说，“现在，我相信大家都能分辨出狼与狗的区别了。”他猛地放下狼头，还用力推了它一把，让它的身体在杏树下悠荡着。

“章大叔，”一个满脸雀斑的小青年挤到前面来，用手指指狼尾巴，问，“俺有点闹不明白，您说它是一匹狼，俺看着它也像匹狼，可它的半截尾巴是怎么回事？”

“你问这个呀，”章大叔用手拨弄了一下狼的半截粗大尾巴，说，“这的确是个问题，但如果你知道了狼尾巴的功能，这个问题也就不成为一个问题了。”他环顾四周，看到众人焦渴的目光，得意地说：“我这辈子，最有价值的是东北十年，其余的都是白混日子。在东北，狼不叫狼，你们知道在东北狼叫什么？”

我们在杏树上大喊：“章三！”

“对，狼在东北叫章三，为什么把狼叫章三，这个问题比较复杂，我在东北问好些个白胡子老头，请教为什么把狼叫成章三，他们说祖祖辈辈都是这么个叫法，为什么他们也不清楚。到东北的头一年，我在孙家大院里当马夫，睡到深更半夜里，听到圈里的猪吱吱地怪叫，与我睡在一起的车喝子马大叔一骨碌爬起来，对我说‘小章小章，快快起来，章三来偷猪了！’我急毛火三地披上棉袄，提着一把铁锨，跟着马大叔就往掌柜家的猪圈那儿跑。马大叔提着他的红缨大鞭子跑在前，我提着铁锨跟在后。那天晚上，不是十五就是十六，月亮像个明晃晃的大银盘，挂在半天空，照着地上的雪，亮堂堂耀眼明，就像大镜子似的，连雪上的老鼠脚印都看得清清楚楚。我们大老远就看到一个章三，用嘴咬着孙大爷家那头白色的大肥猪的耳朵，用那条大扫帚一样的粗尾巴，啪啪啪地抽打着肥猪的屁股。那头大肥猪没命地叫着，吱吱吱，吱吱吱，一边叫着一边跟着章三往桦木林子里跑。那情景真是好看极了。大月亮明晃晃地照着白雪，章三的大尾巴啪啪啪地抽打着猪腚，卷起一阵阵雪粉……好看极了，真是好看极了……我看到这情景就呆了，马大叔抽了一鞭，没打着章三，打在了猪腚上，这等于帮了章三的忙。马大叔说：‘小章，你还傻愣着干什么？上啊！’我提着铁锨冲上去，对准了章三的尾巴就是一家伙！”

众人都喘了一口粗气，仿佛亲眼看到了章古巴铲断狼尾巴、救出大肥猪的情景。

“现在，你明白了它为什么只有半截尾巴了吧？”章古巴对那个雀斑脸青年说。

雀斑脸青年点点头，因为兴奋，他的脸皮发红，好像一个布满斑点的红皮鸡蛋。“可是，”他仿佛害羞似的喃喃着，“咱这地方离长白山好几千里，它为什么要到这里来？它又是怎么样来到了这里？”

众人都齐声附和着雀斑青年，并把充满期待的目光投射到章古巴的脸上。

“这个问题嘛……”他拖长了声音，好像被这个问题逼到了绝境，但马上他就提高了声音，焕发了精神，“这个问题看起来是个问题，其实也算不上一个问题。实话对你们说吧——这匹狼是来找我报仇的。”

他的话仿佛是一撮盐，投进了沸腾的油锅，人们的口里发出了各种各样的声音。他举起一只手，像一个权威很大的演说者，制止了人们的七嘴八舌。

“你们应该看得出，”他用屈起的中指与食指的关节，敲了敲狼的头，说，“这是匹老狼，两眼昏花，尾巴上的毛都发了白。它起码有了三十岁。狼的三十岁，就是人的八十岁。这是匹公狼，一匹三十岁的老公狼，就相当于一个八十岁的老头。章三，老伙计，我以为逃回家乡，就把你摆脱了，没想到事隔十多年，您又千里迢迢地追寻了来……”

“老章，您的意思是说，这匹狼就是当年那匹被您铲断了尾巴的章三？”

“尽管我不愿意承认，但我也必须承认，我不承认就对不起这匹狼，我不承认就埋没了这匹狼的光荣……”他满脸都是激动不安的表情，眼泪汪汪地说，“其实，我一进院子就认出了它。这个魔鬼，实在是太可怕了，实在是太可敬了，十几年里你让我做了多少噩梦，从今之后我可以安眠了……”

接下来，章古巴大叔绘声绘色地向我们讲述了这匹断尾巴狼的故事，听得我们如醉如痴。

他说，自从铲断狼尾之后，坏运气就跟他结了不解之缘。先是他的鹿皮靴子被嚼得烂碎，然后是马车上的皮绳被全部咬断，最后，那匹被孙大爷视为宝贝的大青马青天大白日被咬断了喉咙。掌柜的生了气，撵了他的佃户。他说，我背着铺盖卷，走到树林子里，大声喊叫着：章三，你这个狗杂种！你有种就出来，老子跟你拼个你死我活，人暗中使坏不是好人，狼暗中使坏也不是好狼！山林里寂静无声，只有风吹着树叶子哗啦啦响。我知道章三就在树林子里藏着，我的话它全部听到，并且全部听懂，但是它不露头。我背着铺盖往前走，这里待不下去了，只能到别的地方去找饭吃。掌柜的还算仁义，给了我三十块钱，算是我半年的工钱，按说我给人家糟蹋了一头大青马，人家一分钱不给也是应该的。我沿着林间小道向三叉子林场走去，听说林场正在招伐木工人，那时候我还没有小炉匠的手艺，只能靠卖大力吃饭。走在林间小路上，我的心里毛毛的，总感到后边有脚步声，可回头看看，什么都没有。走着走着，忽听到树林子里扑棱棱一阵响，吓得我三魂丢了两魂半，定睛一看，原来是一群野鸡在打架。我擦了把冷汗，继续往前走。树林子里的小鸟叽叽喳喳地叫着，一片和平景象，我的心里渐渐放松了。走到一处山泉时，我感到口渴，正想停下来喝点水，就看到在前面十几步远的地方，断尾巴狼蹲在那里满脸冷笑地看着我。我倒退着，退到一棵大松树旁边，扔掉铺盖卷儿就往树上爬，断尾巴狼飞扑过来，猛地往上一蹿，差一点就咬着了我的腿肚子。等它再一次上蹿时，我已经爬到了它够不着的地方。我噌噌地往上爬，一直爬到树梢上。我怕自己掉下来，就解下腰带，将自己绑在树杈上。我坐在树杈上，紧紧地搂着树干。山风把树林子吹得呜呜响，松树摇摇晃晃，好像坐在船上一样。我低头看着树下的狼，狼仰脸看着树上的我。就这样不知过了多少时间，我的肚子里呼噜呼噜地响着，眼前一阵阵发黑，如果不是用腰带把自己捆住，早就掉下去被狼吃了。狼也有点烦了，它撒开我的铺盖卷，往我的被子上撒尿。我知道它是故意气我，想让我下树去跟它拼命，可我不上它的当。别说你往被子上撒尿，你就是往上边拉屎，我也不会下树。但这样等到何时是个头呢？一天行，二天还行，三天四天都能挺，五天六天，饿也把我饿死了。但我听人说，狼可以一连半个月不吃东西，这样熬下去，最终我还是要死在它嘴里。天傍黑时，狼走了，狼走了我也不敢下树。我往四下里打量着，果然看到在灌木棵子里，有两只绿幽幽的眼睛。如果我冒冒失失下了树，正好中了它的奸计。熬到太阳下山，月亮上山，树林子里处处都是暗影子。暗影子里仿佛有无数的眼睛在闪烁。这时候我更不敢下去了。这时我要下树，即使不被断尾巴狼吃掉，也要被别的山猫野兽吃掉，长白山大森林里可不止一匹断尾巴狼。这时，山风停了，所有的树梢都不动了。月光把树叶子照得像涂了一层银粉。夜猫子在树影子里哇哇地叫唤。我的心里一阵发酸，眼泪哗哗地流出来。我知道断尾巴狼不会轻易放了我，心里一横，我就是死在树上变成人干，也不能让你吃了。想到此，我把自己更紧地绑在树上。月亮升高变小，但月光却更加明亮。这时，我看到一个特长的怪物从远处飞奔而来，近前时才看清，原来是断尾巴狼驮着一个三分像狗、七分像羊的东西。跑到树下，那个东西从狼背上下来，后腿坐在地上，举着两条短短的前腿，那模样像一个袋鼠。我心中大惊，知道狼把狈搬来了。他特别对我们讲解，说狈是狼的军师，因为前腿太短，行动不便，平时待在狼窝里，由狼打食供养着；遇到重大事情，就由狼驮到现场。他说，狈仰起脸，往树上看着，月光照耀狈的脸，白白的，像一块面团。狈眼也是绿的，闪闪烁烁，好像墓地里的鬼火。他说，接下来发生的事情，全世界都没人看到过，被我亲眼看到了，说是坏运气吧，也是好运气。狈往上看了一会儿，与断尾巴狼碰了碰鼻子，好像是交换意见。然后，狈就把鼻子扎在地下，发出了一种低沉的叫声，呜呜的，就像小孩子吹喇叭。他说，这声音听起来不大，但传得非常远，方圆百里的狼都能听到。狼国里的规矩是，只要听到狈的叫声，不管多忙，都要赶来集合，他说大概有抽一袋烟的工夫，就有三十多匹狼在大松树下集合了。新来的狼都走到狈面前，与狈碰碰鼻子，好像晚辈晋见长辈，好像学生晋见老师。把这套礼节弄完了，群狼就绕着树转起圈子来。它们一边转圈子，一边仰脸嚎叫着。呜——嗷——，呜——嗷——，声音又尖又长，连月光都在哆嗦，幸亏我把自己捆在了树上，否则非掉进狼口里不可。它们折腾了一阵，看到不能把我从树上吓下来，狈就出了一计，让它们五个一拨，轮番啃树。树下发出狼牙啃树的咔嚓声，树梢在嗦嗦地抖动。我朝着老家的方向祷告着：娘啊娘，儿原本想闯关东挣点钱，回去好好孝敬您，想不到却在这里被狼给吃了……那些狼越啃越起劲，一片狼牙在月光下闪烁。我心里绝望极了，再粗的树，也架不住三十匹狼啃，何况还有狈在旁边给他们出谋划策。与其担惊受怕活受罪，还不如让它们吃了利索。想到此我就解开腰带，正想往下跳，就听到树林深处一声吼叫，震得大地都哆嗦。紧接着林子里响起了呼呼的风声，刮得那些枯树叶子哗哗地响。群狼停止啃树，都看着狈，狈用两条后腿支撑着身体，三跳两跳跳到了断尾巴狼背上，尖叫一声，断尾巴狼驮着它就跑。

群狼跟随它们，随风而去。又一阵风响过去，枯树叶子卷在小道上。我看到一只金黄色的大老虎，懒洋洋地，一步一步地，迈着比马蹄子还大的大爪子，啪哒，啪哒，走到了树下。我叫了一声亲娘，心里想，狼跑了，老虎来了，这下子更没有活路了……

他从怀里摸出烟包和烟纸，不紧不慢地卷了一支烟，吧嗒吧嗒地抽起来。

“怎么着了？”

“怎么着了？”

“老虎蹲在树下看了我一会儿，就迈着比马蹄子还大的爪子，啪哒，啪哒，啪哒，走了。”

我们蹲在杏树上，长长地喘了一口气。

“等到天亮，一伙挖参的人来了，把我从松树上救下来。我的腿弯着，像罗圈一样，伸不直了。我的手指像鸡爪子一样，伸不直了。出了山林，我一天也没耽误，买了一张火车票，就上了火车。我坐在火车上，还看到这个东西追着火车跑。”他盯着倒挂在杏树上的狼，感动地说，“想不到啊，想不到，隔了十三年，你竟然翻山越岭地追到这里来了……”

“狼怎么会知道你在这里呢？”雀斑青年好奇地问。

“狗日的小金弟，就你事儿多！”他好像很生气，其实没生气，压低了嗓门，神秘地说，“告诉你们，狗鼻子嗅五百里，狼鼻子嗅一千里。幸亏咱这地方离长白山一千多里，有它的鼻子闻不到的地方，如果咱这地方离长白山不足一千里或是正好一千里，乡亲们，我哪能活到今天！”

“可是它为什么不到你家去找你报仇，却到许大婶家来咬人呢？”

“这个嘛……吭吭……”他咳嗽着，说，“我经常坐在你大婶的炕头上抽烟，留下了气味，另外，狼毕竟是老了，鼻子不太灵了，脑子也木了，就像八十多岁的老头子，身上的器官，都不太灵了……”

许大娘的脸上的红晕更大了，好像抹了一脸红颜色。

“宝儿他娘，都怨我，给你招了祸，”他说，“让你挨了咬，让你费了一垛柴火，让你炸了一口锅，还让你把炕掀了……”

“你这是说的什么话？俺家也是该有这一劫。”

“你和宝儿，孤儿寡母，日子过得不容易，我不能让你们白受这磨难，”他拍拍狼头，说，“乡亲们，狼这东西，全身都是宝。狼皮，做成褥子，能抗最大的潮湿，铺着狼皮褥子，睡在泥里也不会得风湿。狼油，是治烧伤烫伤的特效药。狼胆，治各种暴发火眼，比熊胆一点也不差。狼心，治各种心脏病。狼肺，专治五劳七伤。狼肝治肝炎。狼腰子治各种腰痛。狼胃，装上小米、红枣，用瓦罐炖熟了，分三次吃下，即便你的胃烂没了，它也能让你再生出一个新胃，这个新胃，连铁钉子也能消化得了！狼小肠，灌成腊肠，是天下第一美味，还能治小肠疝气。狼大肠，用韭菜炒吃，清理五脏六腑，那些水泥厂里的工人，吃一碗韭菜狼大肠，拉出的屎，见风就凝固，像石头蛋子似的，用铁锤都砸不破。狼的肛门，晾干，研成粉末，用热黄酒冲服，专治痔疮，什么内痔外痔，都药到痔根断，永不复发。狼尿脬，装进莲子去炖服，什么样的顽固遗尿症，也是一副药。狼眼治青光眼。狼舌治小儿口疮、大儿结巴。狼脑子，宝中之宝，给一根金条也别卖，留着给宝儿吃。狼肉，大补气血，老关东说，‘一两狼肉一两参’。狼鞭嘛，治男人的病。狼骨，治风湿性关节炎，虽比不上虎骨，但比豹骨强得多。就是狼肠子里没拉出来的粪，也能治红白痢疾……乡亲们，你们买不买？你们不买，我就把它弄到县城里去卖。”

众人看着，好像拿不定主意。

“老章，卖什么呀！”许大娘说，“你就把它收拾了，分给大家吧，没被它咬死，俺就磕头不歇了，还想靠这个卖钱？”

“话不能这样说，你家受了这样大的祸害，总得找补一下。再说，这样的宝物，有钱也买不到的。”

“算了，算了。”许大娘说。

“不能算了，”他说，“祸是因我而起，这事就由我做主吧。我看还是把它弄到县城里去，卖个好价钱，让你们孤儿寡母过几天好日子！”

“既是这样的好东西，肥水不落外人田，”许大娘红着脸说，“还是分给乡亲们吧，有病的治病，没病的补补身子，也算俺娘儿俩积点德。”

“他大婶，”赵大爷说，“你同意把它卖给乡亲们就是积了德。章球，把狼皮给我留着，我出五块钱，少了点，但我这把子年纪了，你们就委屈点吧！”

“这话说得，让俺脸红，”许大娘说，“赵大叔，狼皮归您，钱俺是不要的。”

“那不成，”赵大爷说，“你挨了一口呢！”

“我看这样吧，”章古巴说，“您也别一个钱不要，您要是一个钱不要，赵大爷也不会要狼皮，三块钱，我斗胆替你做主了！”

这时，一群苍蝇飞来，围着狼飞舞，发出嗡嗡的叫声。

众人催促章古巴："古巴古巴动手吧，别让苍蝇下了蛆，糟蹋了好东西！"

"肥水不落外人田，"章古巴不错眼珠地盯着许大娘的脸，说，"您这话说得多好啊！都说头发长见识短，我看您是头发长见识更长！"

在众人的密切注视下，章古巴从怀里摸出一把牛耳尖刀，弓着腰，开剥狼皮。

（一九九八年）

枣木凳子摩托车

一、父亲的枣木凳

农历正月十五是公认的要日子，但十五岁的失学少年张小三，一大早就被母亲叫起来，与他的父亲一起，在院子里，用一张大锯，分解一根粗大的枣木。张小三的父亲是高密东北乡有名的细木匠，他制作的最有名的产品就是那种像元宝形状的枣木小凳子。这种小凳子不是用来坐的，而是用来枕的。在过去的许多年里，高密东北乡的人，基本上不枕枕头，只有几户从外地迁移来的人家枕那种用谷糠或是麦秆草填充的布枕头。对他们的软枕头，本乡的人从内心里瞧不起。因为从小就枕这种坚硬如铁的枣木凳子，张小三们的脑袋的后边和左右两侧都很平坦，有点像某些异想天开的日本农民试种的方形西瓜。

张小三父亲的出名，是在张小三的爷爷去世之后——张小三的爷爷也是一个出名的细木匠——而张小三爷爷的出名，是在张小三的老爷爷去世之后——张小三的老爷爷也是一个出名的细木匠——这就是说，张小三家是一个木匠世家。想当年，张小三的老爷爷跟随着他的父亲流落到高密东北乡时，这里的人们是得着什么枕什么：有枕蒲草捆的，有枕麦草墩子的，有几户极穷的人家枕砖头。后来张小三的老爷爷发明了这种元宝型的枣木小凳子，才渐渐地结束了高密东北乡人得着什么枕什么的混乱局面。可以这么说：张小三家从表面上看是个木匠世家，实际上是雕塑世家，高密东北乡许许多多的方形头颅就是张小三家的杰作。张小三的一个在上海教书的叔叔回来说，每年都有几个家乡的孩子考到他们学校里去，而他总是能根据他们的方头从满校园乱窜的新生群里把他们一眼认出来。那种枣木的小凳子，经过多年的头皮摩擦和头油浸润，颜色变成鸡肝色的深红，温润如玉，光可鉴人，其实就是一件宝物。枣木是一种品质优良的硬木，如果它不干裂，就永远不会坏，用头油浸润了的枣木根本就不可能干裂，所以这样的枣木小凳子，几乎没有损坏的可能。幸好这里的老人死后，生前枕过的枣木小凳子要随着下葬，这才使张小三家的产品有了源源不断的销路。

改革开放以来，随着人们眼界的开阔和文化的提高，枣木小凳子的地位受到了海绵芯枕头、荞麦皮芯枕头的严重挑战，年轻人结婚，谁也不会再像过去那样买上两个枣木小凳子摆在炕头上，现在摆的都是绣花枕头，上面还蒙着丝光毛巾。而最赶时髦的青年，结婚已经不在热炕头上而是挪到了席梦思床上，席梦思床上摆上两个枣木小凳子也的确不像话。所以，张小三家的辉煌事业，到了张小三父亲这一代，从鼎盛到衰落，眼下基本上是癞蛤蟆垫桌子——硬撑。从此之后，方形西瓜一样的头颅，将在高密东北乡的土地上逐渐地减少直至灭绝。从某种意义上说这也是一种遗憾，但遗憾归遗憾，灭绝还是不可避免。

张小三的父亲是一个执迷不悟的老家伙，他不能审时度势，及时地转产，或者干脆放弃木匠手艺，去干一些赚钱容易的事，当然，张小三也知道，这个世界上干什么都容易，就是赚钱不容易，但哪怕是走街串巷收破烂也比做小凳子赚钱容易。父亲是一个不用钉子和水胶的木匠，张小三爷爷传他手艺时，顺便也把他对于那些使用钉子和水胶的劈柴木匠的鄙视传给了他。不用水胶和钉子，那就要求你在卯榫上的功夫非同一般，那就要求你对各种木材的特性了如指掌。

张小三的父亲经常跟张小三讲他自己的父亲教他手艺时的情景。第一课不是拉锯也不是刨板，当然更不是烘板子打卯。第一课就是认木头。你只有练到能闭着眼从一大堆杂木里把一根枣木摸出来，才具备了学徒的资格。张小三的父亲天生就是个做木匠的材料，他不但能闭着眼仅凭着手的感觉把一根枣木从一大堆杂木里挑出来，他还能闭着眼，不动手，用鼻子把一根枣木从一大堆杂木里嗅出来。当然，他凭着嗅觉，更可以把气味大的松木、柏木、槐木、榆木从一大堆杂木里挑出来。

尽管张小三家有如此光荣的历史，但张小三对继承祖业丝毫不感兴趣。木匠活儿实在是太累了。尤其是专做小枕凳的张小三家，基本上都是跟坚硬如铁的枣木打交道，那更是苦上加苦。张小三的父亲是一个保守的人，对这些年层出不穷的电动木工机械坚决抵制，坚持着彻底的手工操作。当村子里的新派木匠叼着烟卷，优哉游哉地在电锯上、电刨床上干活时，张小三的父亲还是挥汗如雨地使用着他的锛、凿、斧、锯与枣木搏斗。当大多数木匠都仿照着外国家具的样子制造时髦木货时，张小三的父亲还是一丝不苟地制作着枣木小凳子。

不久前的一天，连向来把父亲的话当成圣旨的母亲，也趁着父亲心情好的时候，委婉地劝他去置几件木工机械。父亲一听这话，恼怒的脸色，就像厚重的门帘一样，“呱嗒”一声放了下来。

“呸！”父亲几乎把唾沫啐到了母亲脸上，然后愤愤地说，“你想让我当劈柴木匠？木匠是什么？木匠就是卯榫！那些小杂种，别说让他们分清红松和白松，他们连柳木和榆木都分不清，竟然也敢当木匠！他们连凿子都不会握，竟然也敢当木匠！他们只会用那些狗娘养的三合板子五合板子钉那些洋鬼匣子，也能算做木匠？！”

母亲望望墙角里堆着的和房梁上挂着的那几百个小凳子，大着胆子嘟哝着：“你骂人家做得不好，可人家能卖出好价钱；你做得再好，卖不出去才真是一堆劈柴……”

父亲更加愤怒地骂：“这些杂种，这些杂种，生生地把这个行当给糟蹋了……”

母亲道（张小三感到母亲也是一不做二不休了）：“那些家什，不置也罢，要置也得去借钱——但咱能不能不做小凳子？我连着赶了五个集，连一条也没卖出去。别说没有买的，连个问价的都没有。现如今不是以前了，现如今的年轻人，谁还会枕着一个硬板凳睡觉？再这样下去，别说翻盖房子，”母亲仰脸望望破旧的房顶，绝望地说，“只怕连锅都要揭不开了！”

母亲的眼圈红了，然后就用破烂的衣袖去沾脸上的泪。

“我还没死呢，你就给我哭起丧来了！”父亲恼怒地说。他的口气尽管还是很硬，但脸上的肌肉已经松弛了，喷吐着火焰的眼睛也黯淡了，悲哀的表情从他的脸上浮现出来。他从墙上撕了一块破报纸卷了一支叶子烟，用一个绿色的一次性气体打火机点燃，然后白色的烟雾就笼罩了他的脸。

母亲那天真好像吃了豹子胆了，竟然指着那个打火机说：“按说这个玩意儿你也不能用，你应该用火镰火石打火点烟！”

张小三坚决地站在母亲一边，他壮起胆子，运用小学里学到的科学知识，对父亲发起了攻击：“爹，你连火镰火石都不能用，你应该钻木取火！”

“杂种，”父亲望着挂在墙上的木钻，说，“知道钻木取火，还不枉为了木匠的儿子。看在这个分上，今天就不揍你了。”父亲抚摩着炕头上那个枕了五十多年的油光闪闪的紫红色枣木凳子，感慨万端地说：“多么好的东西，多么好的东西啊，怎么说没人枕就没人枕了呢？”

“枕这破玩意，把圆头都枕成了方头！”张小三摸着自己的脑袋，愤然地说。

父亲瞪圆眼睛，冷冷地说：“方头有什么不好？你看看那些大人物，哪个不是方头？”

父亲是一家之长，他顽固不化，张小三和母亲毫无办法。母亲偶尔还敢嘟哝几句，张小三连嘟哝都不敢了。父亲是体面人，不愿背上打老婆的恶名。但父亲打儿子，却是天经地义的事。再者，张小三已经打定了主意学两个哥哥的样子，瞅个空子，跑到县城，爬上火车，往东北流窜。张小三的两个哥哥就是在他们十四岁的时候，为了逃避跟着父亲学木匠的苦难，跑到东北当了盲流。听说他们两个在东北都混得很好，大哥在煤矿里挖煤，二哥在金矿里淘金，张小三去投奔他们，肯定可以过上幸福的生活。因为有了主意，张小三最近一个时期一直伪装积极，干活很卖力，而且还装出对做枣木凳子很感兴趣的样子，故意地向父亲讨教。张小三还煞费苦心地制造了一个谣言，对父亲说：“爹，我听学校里王老师说，报纸上登了我们这里不枕枕头枕枣木凳子的消息，说这个习惯很有科学道理。报纸上说许多大科学家和大政治家就是枕着木头长大的。王老师说，用不了多久，就会有联合国的人到咱们这里来研究这个问题，一旦研究出结果，就会向全世界推广，到了那时候，咱们家就该发大财了……”

父亲听了张小三的连篇鬼话，停下手里的活儿，眼睛里放着光彩，问道：“真的？王老师真这样说了？”

张小三想反正过了正月十五就要逃跑，而他还不知道，学校的王老师已经调到县里去了，等到父亲戳穿了谎言，自己已经跟着大哥或是二哥，当上了煤矿工人或是金矿工人了，所以张小三就用斩钉截铁的口吻说：“我怎么敢骗您？不信的话您这就去问王老师，如果我说了假话，您就把我的嘴巴扇肿！”

“我会去问的，”父亲说，“如果你说了谎，我不但要把你的嘴巴扇肿，我还要把你的舌头割掉！”虽然从表面上看父亲杀气腾腾，但张小三知道他心中十分高兴。张小三的谣言，简直就像给犯了烟瘾的大烟鬼点了一个大烟泡。接下来父亲继续干活，从他的嘴里，竟然哼出了一支抒情小调：十八岁的大姐要把兵当，当兵实在强，去了就吃粮，暄腾腾的大馒头外带着白菜汤……

张小三心中暗想：爹，您就喝你的白菜汤吧，您的儿子俺就要远走高飞了！

但张小三的谣言也带来了一个很坏的结果，那就是，父亲不顾母亲的强烈反对，把圈里那两头大肥猪卖掉一头，将老聂家那根在院子里放了五年的大枣木买了回来。

正月十四日，父亲亲手把枣木的皮剥干净，然后，手里拿着绷线用的牛角墨斗子，耳朵上夹着铅笔，在张小三的帮助下，往枣木上绷墨线。这根大枣木有两米多长，水桶般粗，父亲当然想把它解成做小凳子的板料。张小三手里扯着墨线，心中暗暗叫苦：老天，这个正月里就要被拴在这根枣木上了！这根王八蛋的枣木不知是怎么长的，大疤连着小疤——打井怕沙，割锯怕疤——而且这是它姥姥的枣树疤！枣树疤不是钢铁跟钢铁也差不了多少，无论多么锋利的锯条，碰到了枣木疤，也得火星子乱窜。想到此张小三就胳膊发酸头皮发麻，但父亲却喜气洋洋，嘴里小曲不断。他当然高兴，枣木的疤越多，做出的小凳子越好看，尤其是枕过多年的有疤的枣木凳子，更是美丽如画，光滑似蜡。

父亲昨天夜里没怎么睡觉，张小三在痛苦的梦里，还听到他用铁锉磨锯条时发出的那种刺耳的怪声。

现在，那根绷好了墨线的大枣木，已经被绑在圆木支架上，仿佛一门准备发射的大炮。张小三和父亲已经各就各位：父亲割上锯，居高临下地站在一条长凳上；张小三割下锯，垂头丧气地坐在一条短凳上。父亲用拇指甲比着锯条轻轻地起了锯，然后，爷儿两个，一上一下，一来一往地割起来了。

哧——嗤——哧——嗤——

哧——嗤——哧——嗤——

二、舅舅的摩托车

邻居家的大嫂把她的胖头大脸探过张小三家的土墙，大声地说："哎呀大叔，大正月十五的，还干？"

父亲连眼角都没斜一下，只是从鼻子里发出一声嗤哼，算是回答。

大嫂对着正在搅拌猪食的母亲说："大婶子，没去赶集？"

母亲不冷不热地说："没有什么好买的……"

"去看热闹啊，今天可是十五大集，人多得挤不动。"大嫂说，"吕家庄上舅舅也在集上……"大嫂鬼鬼祟祟地扫了母亲一眼，然后就兴高采烈地说："吕大舅骑着一辆新摩托，锃明瓦亮，听说是新买的，嘉陵牌的，值好几千呢！人们围着他，就像看马戏似的，我费了吃奶的劲才挤进去。大舅满头汗水，在那里拉着胡琴给人唱他的摩托呢！大舅唱道：‘俺的摩托实在是好，不喝水不吃草，驮着老吕满街跑。’西村小曹夸他：‘老吕，你真是好样的，泰山压顶不弯腰，死了儿子不流泪！’大舅一拍摩托车，说什么，‘人固有一死，谁能不死？连毛主席都要死，我的儿子死了算什么？’然后又拉着胡琴唱起来，‘人活百岁也得死，不如早死早脱生……’大家一齐给大舅鼓掌，夸他拉得好唱得也好……”

张小三盯着大嫂唾沫横飞的嘴巴，眼前出现了大舅那副红彤彤的、像灯笼一样的面孔，耳边回响起大舅那副底气十足、仿佛电喇叭一样的嗓门。张小三把手中的锯子忘记了，直到父亲的怒吼把他惊醒：“心到哪里去啦？”

大嫂对着张小三吐了一下红舌头，然后她故意地压低了嗓门，仿佛是单说给母亲一个人听似的：“听说大舅的摩托车是用他儿子的抚恤金买的……”

大嫂招人厌烦的脑袋从土墙后隐退了。母亲长叹了一声。父亲恼恨地哼了一声。院子里恢复了方才的宁静，只剩下张小三与父亲割枣木的声音：哧——嗤——哧——嗤——

张小三多么希望父亲能放自己一马，好到大集上去，看看舅舅的摩托车。但张小三知道这样的要求提出来，等待着自己的只会是一顿臭骂。张小三只能机械地拉着锯子，想一些与舅舅有关的事情。

舅舅是母亲唯一的弟弟，大概也五十多岁了吧？他的头秃得几乎没有一根毛了，头皮的颜色与他的脸色一样红，所以他的头在张小三的心目中就像一个纸糊的、上了明油的红灯笼。舅舅原本有四个儿子，依次叫做吕忠、吕孝、吕仁、吕义。他家每生一个儿子，张小三家就送去一个小板凳，因此他家的四个儿子都被塑成了特别端庄的方头。张小三很小的时候，舅舅的大儿子吕忠就被生产队的马给踢死了。母亲背着张小三前去探望。母亲与舅母抱头痛哭，舅舅不耐烦地说："哭什么？死了一个，还有三个！"然后他就从墙上摘下一把胡琴，吱吱呀呀地拉起来，拉着拉着就唱了起来。舅舅有副好嗓子，铜声铜气。他边拉边唱，得意洋洋，满面红光，像个灯笼。舅舅这样高兴，母亲和舅母也就哭不上劲儿了。母亲在背着张小三回家的路上对张小三说："嗨，你舅舅这人，心真是大！活蹦乱跳的一个儿子死了，亏他还唱得出来。"前年，舅舅家要盖新房，两个儿子，吕孝、吕仁，开着拖拉机去拉砖，过桥时，拖拉机一头栽到河里，翻了个四轮朝天。吕孝当场不喘气了。吕仁还会喘气，送到医院抢救了半天，到底也不喘气了。舅母当时就昏了。在邻居们用筷子撬开舅母的牙关往她的嘴里灌热水时，舅舅从墙上摘下了那把胡琴，吱吱呀呀地拉了起来，他还是一边拉一边唱，嗓子洪亮，满面红光，仿佛一个灯笼。张小三牵着母亲的手回家的路上，母亲一边走，一边哭，一边唠叨："你舅舅这人……他怎么还能唱得出来……两个儿子，两个虎头虎脑的好孩子啊……你舅母这一下子够了戗了……"一个月后，舅母死了。舅母死了，直挺挺地躺在炕上，好像一根枣木。村子里的老娘们在舅舅家的院子里哭成一团，舅舅愤怒地说："要哭滚回你们自己家里哭去，在这里哭什么？！真是丧气！"张小三扶着母亲回家的路上，母亲喘息着问："小三，你舅舅还是个人吗？……"这年的正月里，舅舅村子里的野戏班子到张小三家村子里演出，舅舅是他们的琴师。舅舅唯一没死的儿子吕义跟着混饭吃。舅舅在土台子上摇头晃脑地拉琴，一边拉琴，嘴巴一边开合，红光满面，像个灯笼。吕义站在舅舅的身后，手里提着一面小锣，时不时地敲一下：镗！张小三在台下看戏，听到看戏的人在议论舅舅，有人夸奖他是钢铁汉子，有人骂他是狼心狗肺。尽管有人骂，张小三的心里还是充满了对舅舅的敬佩，张小三感到舅舅是个非同一般的人物。吕义比张小三大四岁，方头，浓眉，大眼，四肢修长，两只大手，就像小蒲扇一样。母亲对她这个仅存的内侄宠爱有加，不顾父亲的冷眼，将家里最好的东西拿给他吃。他却懂事地把美好的食物放到父亲面前，自己抢着吃粗劣的食物。这是他最后一次到张小三家来做客的情景。从张小三家离开后，他就参军当武警去了。母亲抱怨舅舅，说不该让吕义去当武警。舅舅说："姐姐，我明白您的意思，人哪，该死怎么着也得死，不该死枪子儿碰上都会绕弯！"看来吕义是该死，当了武警不到一年，在一次巡逻时，经过一座桥，那桥竟然塌了。桥塌了，吕义死了。这次母亲没去探望舅舅；张小三想去，父亲不让。几天后有人传过话来，说舅舅接到了吕义的骨灰和遗物的当天晚上，就跑到镇上去看了一场吕剧，看戏又不好好看，愣是蹿到台上去，批评人家琴师拉得不对，要砸人家的琴，幸亏有认识他的人，好说歹说把他劝下来，要不非吃个大亏不可。舅舅是民间艺术家，能拉会唱，如果他年轻时能得到名师指点，肯定会在音乐戏曲方面大有作为。嗨，贫穷落后的农村，耽搁埋没了多少可塑之材啊……

张小三正想着舅舅的事儿，就听到胡同里一阵摩托声响。张小三大喊一声："舅舅来了！"扔了锯，跳起来，不顾后果，往外跑去。恍惚听到父亲在身后吼叫，但张小三已经站在胡同里。果然是舅舅来了。舅舅骑着一辆红色的摩托车来了。摩托车屁股后喷着青烟，沿着狭窄的胡同，箭一般地冲了过来。张小三大喊一声："舅舅！"鼻子竟然一阵发酸，眼泪啪嗒啪嗒地落了下来。舅舅在张小三的面前，也就是在张小三家门前停了车，但摩托还没熄火，从那根银灰色的排气管里，喷出"啵啵"的响声和一股汽油味儿。舅舅穿着一套不合身的武警制服，腰里扎着一根红色的皮带，身后斜背着一把胡琴。舅舅没戴帽子，秃头上冒着热气，像个蒸笼；舅舅满面红光，像个灯笼。舅舅伸出大手，摸摸张小三的头，说："你哭什么？大老爷们，动不动淘菜水，没出息！"

父亲已经站在门口，准确地说父亲是堵住了门口。

舅舅亲热地问："姐夫，没去上集？"

父亲哼了一声，道："我以为是哪里来了个大干部呢！"

舅舅搔搔秃头，说："姐夫，穷亲戚来了，也不能堵着门口不让进啊！"

父亲冷冷地说："骑着这样的大摩托，怎么敢说穷？！"

这时，母亲浑身打着颤，急忙忙地走过来。她的腰弯着，宛如一个黑色的秤钩。

"姐姐……"舅舅低声说。

母亲瞟了一眼那辆崭新的摩托车，就把目光移到舅舅的脸上，定定地看着。

舅舅在母亲的注视下，慢慢地垂下头。

张小三怯生生地伸出手，抚摩着舅舅的摩托车。

舅舅脸上的悲伤顿时一扫而光，他拍着摩托车的皮革座子，喜气洋洋地说："姐姐，我置了一个小马驹！好东西，真是好东西！让它怎么着它就怎么着，灵性得很，简直是一把小胡琴！"

"他舅啊……"母亲悲哀地说，"让我说你什么好呢？"

舅舅望望张小三家门前宽广平坦的打谷场，说："小三，上来，舅舅带着你兜两圈！"

"小三！"父亲喊。

"小三！"母亲喊。

"放心吧你们就！"舅舅把张小三拖到摩托车上，对着父亲和母亲说，"碰掉他一块皮，我割下一块肉给他贴上！”

舅舅骑上摩托车，将胡琴摘下来，探身放在墙角，说：“小三，搂住我的腰！”

舅舅载着张小三在打谷场上转了一圈又一圈。张小三感到不是摩托车围着打谷场转，而是打谷场边上的树木和土墙围着摩托车转。

舅舅说：“搂紧，我要加速了！”

摩托车轰鸣着，父亲的脸和母亲的脸还有许多赶来看热闹的人的脸在张小三的面前一闪而过，紧接着又是一闪而过……

张小三听到有人在场边大声喊：“老吕，听说你也要去飞越黄河？”

舅舅大声说：“飞越黄河算什么本事，老子要飞越长江！”

“老吕，给我们表演一个特技！”

“表演一个！”

……

舅舅将车停在张小三家门口，一条腿着地，一条腿还在车上。他侧过身，把张小三抱下来，说：“姐夫，姐姐，验收一下！”

舅舅扶正摩托，往前飞驰。他在车上说：“今天，让你们开开眼！”

舅舅的一只手离开了车把，摩托速度不减，往前飞蹿。

舅舅的两只手都离开了车把，摩托速度不减，往前飞蹿！

人群中爆发了一阵欢呼。

母亲大喊：“他舅舅，我求你了，别作死了……”

“放心吧，姐姐！”舅舅喊。

舅舅在飞驰的摩托上，开始脱他的武警制服。制服脱下来了，随手往空中一抛。人群中一片喝彩。

舅舅继续脱，脱下了那件墨绿色的套头绒衣抛到空中。众人几乎是齐声喊：

“老吕，好样的！”

“老吕，再露一手绝的！”

舅舅高举双臂，好像迎风展翅的鸟，潇洒地转了一圈，然后一个急刹车，停在了刚才让张小三上车的地方。张小三看到舅舅满面红光，像个灯笼。舅舅对着张小三微微一笑，探身就把放在墙角的那把胡琴提了起来。

母亲说：“真是个不知死的鬼！”

父亲冷笑着说：“这就是你娘家出的英雄好汉！”

张小三激动万分地看到，舅舅端坐在飞驰的摩托车上，拉起了胡琴。拉了一个小过门，舅舅放开喉咙唱道：

“六月里三伏好热的天，二姑娘骑驴奔阳关——”

在众人的喝彩声里，舅舅的摩托车像头瞎了眼的毛驴，一头撞在了土墙上。张小三看到舅舅的身体从摩托上飞起来，然后落在了地上。张小三看到母亲缓缓地坐在了地上。张小三看到父亲大声咳嗽着，转身往院子里走去。张小三看到众人愣了一会儿，然后便一窝蜂般地朝着舅舅和他的摩托车跑过去。张小三也跟着人们跑过去。

舅舅双手按着地，艰难地爬起来，一瘸一拐地向摩托车走去。舅舅上身只余一件背心，背心上印着“武警”两个红色的楷体大字。没了宽大外衣的遮掩，舅舅的驼背和两块高耸的肩胛骨全都显了出来。张小三看到那辆适才还神气得像个年轻乡长的摩托车，转眼间就成了一个大残废。银光闪闪的车灯破了。耀眼明亮的车把弯了。滴溜溜儿圆的前轮龙了……舅舅站在摩托车前，身体前仰后合，好像一根随时都会倒下去的枣木。舅舅的嘴唇打着哆嗦，眼睛直直的，像个痴巴似的。两股眼泪从舅舅的眼睛里突然地奔涌而出。舅舅一屁股墩在地上，干嚎了一声："我的摩托啊……"然后就张开大嘴，哇哇地哭起来。众人仿佛吃了一惊，相互打量着，愣了片刻，然后一起围上去，七口八舌地劝解：

"老吕，别哭了，想开点嘛！"

"老吕，您这是小灾大福，摩托毁了，人是好的嘛！"

……

舅舅不听众人劝，大哭不止。他的脸上沾满了汗水泪水和污泥，好像一个掉在雨水中又被人踢了一脚的破灯笼。

（二〇〇〇年）

冰 雪 美 人

一

叔叔从市医院退休之后，在镇上开了一家私人诊所。我高考落榜，庄户不能，学业不成，心情坏得不行。在家闲得无聊，整日与镇上几个不良少年斗鸡走狗，眼见着就要学坏，父亲心中焦急，便豁出一张老脸，求到叔叔面前，让我到诊所里去，跟他学医。

父亲把我送到诊所那天，叔叔正与婶婶为了一件什么事情拌嘴。地上躺着一个铁皮暖瓶，瓶胆破了，水流遍地，镀了水银的玻璃碎屑在水中闪烁。见到我们进来，婶婶用衣袖擦擦眼泪，抽身进了里屋，房门在她的身后在我们面前响亮地碰上了。我心中感到惶恐，觉得他们的吵架与我前来学徒有关。父亲抓住我的肩头往前推了一把，沉重地咳了几声，说：

“他叔，我把小东西送来了……”

叔叔看了我一眼，没有吭声。他绕过地上的水洼，坐在一把落满了灰尘的椅子上，从口袋里摸出一盒劣质香烟，捏出一根，夹在手指间，点上火，抽起来。夹烟的手指呈现出像红烧肉一样的焦黄色，说明他是一个老烟鬼了。在学校时，我们一帮问题少年，故意地用香烟熏手指，就是为了使自己的手指变成焦黄色。

父亲从褡裢里摸出十个咸蛋，放在桌子上，说：

“这是你嫂子腌的，你和他婶子尝尝。”

“自家人，何必来这一套？”叔叔不屑地说着，脸上的神色似乎和缓了一些。他捏出一根烟，扔给父亲。父亲慌忙去接，烟卷儿在他的胸前跳跃着，蹦到我的面前，我一伸手就把那支烟卷儿凌空抓住，递给了父亲。叔叔赞赏地看着我，说：“反应挺快嘛！”我本想告诉叔叔我在学校棒球队里练过接球，但话到了嘴边又咽了下去，因为父亲反复叮嘱过我，到了诊所后，一定要少说话，多干活。父亲说，学徒不容易，即便是跟着自己的亲叔叔也不行。叔叔是自家人，多少还有些担待，婶婶是外姓旁人，没有什么血脉上的联系，所以一切要看她的脸色。父亲还反复给我讲了学徒的艰辛——他早年曾经在中药店里拉过药橱，有切身体会——头两年，你压根儿就别想学什么，你要帮师傅倒夜壶，你要帮师娘看孩子，你要打水、扫地、烧火、淘米……所有的粗活累活都是你的。没有日刺猬的心性，你就不要跟人家学徒！父亲粗野地说，何况你这不是一般地学徒，你这是去学医！叔叔又捏出一根烟，熟练地把那个即将燃尽的烟头接上。他直直地盯着地上的破暖瓶，说："学点什么不好？去当兵嘛！去做生意嘛！干点什么也比干这个强，我摸弄了大半辈子灰肚皮，实在是摸弄够了。"

"还不快把地上的东西打扫了？！"父亲突然对我发起火来，"年轻轻的，眼睛里一点营生都没有！难道还要你叔和你婶婶指使你？"

我抄起扫帚和撮子，把地上的碎玻璃扫了起来。当我出去倒撮子时，听到父亲对叔叔说：

"他叔叔，我和你嫂子这辈子就熬了这块东西，从小娇惯坏了。你和他婶子，该说就说，该打就打，自己的亲侄子，打也打得着，骂也骂得着……"

"行了，行了，你回去吧，"叔叔说，"他自己愿意学，就让他在这里混着吧。反正如果我有儿子，我决不会让他干这行。"

二

叔叔原先是那种号称“万金油”的乡村医生，中医、西医、内科、外科、儿科、妇科，凡是人生的病，找到他，他就敢治，治好治不好当然是另外一码事。改革开放后，叔叔考到省医学院医师进修班学习了两年，回来后进了市医院，穿大褂，戴手套，成了给人开膛破肚的外科大夫。叔叔还在乡村里当赤脚医生时，就在炕头上用剃头刀子给人家做过阑尾炎手术，从医学院进修回来后，更是如虎添翼，胆大包天，世上有人不敢生的病，没有他不敢下的刀子。叔叔说过，当医生其实和当土匪一样，三分靠技术，七分靠胆量。有了胆量你才能冷静，冷静了你的脑子里才有空，脑子里有空你才能干活。那些真正的大土匪，看上去像文弱书生；那些真正的大医生，看起来像杀猪的。叔叔艺高人胆大，在市医院里很做了几例成功的大手术。也正因为他的胆子太大，在手术台上搞起了米丘林式的嫁接实验，把几个不该死的人给治死了。于是他就成了毁誉参半的人物，夸他的人说他是神医，骂他的人说他是兽医。他又是一个骄傲透顶的家伙，牛脾气发作，敢拍着桌子骂市长的娘。院里留他不是，不留他也不是，正在为难时，他自己提出要提前退休，院方正好就坡下驴，当然口头上还是挽留他。

叔叔的诊所只有两间房子，规模小得不能再小，但却在门口堂而皇之地挂了一个大牌子，牌子上写着“管氏大医院”五个大字。那字是他自己写的，一个个张牙舞爪，像猛兽一样，看着就让人害怕。仗着他过去的辉煌名声，仗着此地去市里交通不便，仗着市医院宰人不商量，管氏大医院开张以来生意兴隆，大病看，小病也看。叔叔当医生，婶婶这个只上过三年小学的农村妇女——曾经当过兽医——就成了护士兼司药。不久前他们二人联手，给杂货铺掌柜汪九做了胃切除手术。花钱很少，效果很好。叔叔的名声在故乡达到了一个新的高度。就是在这个时候，我进了叔叔的诊所——不，是医院，管氏大医院——当了一名学徒。严格地说，学医是不应该叫做学徒的，但我父亲非要这样说我也就随着这样说了。

叔叔的手术室就是方才婶婶进去的那间房子。房间里有一张可以升降的铁床，床上蒙着白床单，有时候叔叔就在这张床上午睡。床的外手有一张三抽桌子，桌子上放着几个搪瓷盘子，盘子里盛着刀子剪子镊子什么的，上边蒙着两层白色的纱布。紧靠着墙立着一个米黄色的木柜子，柜门上镶着玻璃。透过玻璃可以看到一些瓶瓶罐罐，这就是管氏大医院的几乎全部家当了。

我们镇子是个非常偏僻的地方，离市里有一百多公里。镇子后边就是有名的白马山，从山里流出来的马桑河从镇子中间穿过。这地方尽管偏僻，但风景不错。由于落后，没有工业，也就没有污染。空气新鲜，河水清澈，有点世外桃源的意思。叔叔在如此简陋的手术室里给人做手术而不感染，大概就沾了这地方没有污染的光。

近年来这里也开始发展旅游，春天有来看花的，夏天有来钓鱼的，秋天有来看红叶的，冬天有来滑雪的——在山里，镇上与香港合资建设了一个规模很大的滑雪场——世外桃源变得红尘滚滚。很多人为此高兴，叔叔却眉头紧锁，经常骂娘，好像他跟钱有仇一样。

三

我在叔叔的诊所里学徒转眼间已经半年了。在这半年里，我的主要工作就是扫地、烧水，中午出去买三个盒饭，叔叔和婶婶各吃一个，我自己吃一个。叔叔和婶婶晚上回家去睡，我睡在诊所里看门，那张躺过许多病人的诊断床就是我的床。我的晚饭和早饭基本上是开水泡方便面，有时候叔叔也带点别样的给我。说我一点医术没学到那是没良心，在这半年里，叔叔教我认识了几十种常用药，为的是万一晚上有人来买药我好应付，除此之外婶婶还教会了我用蒸煮法给医疗器械消毒。

进入冬天之后，我的工作中添加了一项内容：生炉子。每天早晨，在叔叔和婶婶没到医院之前，我就把安在外间的炉子生着。里间是手术室，不能烟熏火燎，只是把几节烟筒伸进去拐了一个弯，借以提高温度。入冬之后已经下了两场大雪，山里的雪场已经冻好。这几天镇上在市电视台做广告，说白马镇像瑞典一样浪漫，像巴黎一样多情，配合着广告词儿还出现了几个搔首弄姿的女妖精。城里的人马上就要来了。城里人一来，镇上马上就会热闹起来；镇上一热闹，叔叔的诊所就会忙起来。婶婶已经进城去采购了大批治疗跌打损伤的药物，准备为那些在滑雪中受伤的人们治疗。

我生着炉子，坐上铁皮水壶烧水。叔叔特别能喝水，八磅的暖瓶每天要喝三瓶。他用着一个特大号的、外边漆着一个“奖”字的、伤痕累累的搪瓷缸子，缸子里一片漆黑，茶锈有半寸厚。那层茶锈是叔叔用了几十年的时间、耗费了几百斤茶叶养出来的，像他耳朵上的一根毛那样被爱护着。叔叔甚至允许我抽他的香烟，但是绝对不允许我动他的茶缸子。我经常幻想着有一天叔叔下班回家时把茶缸子忘在诊所里，那样我就可以用他的茶缸子好好地喝一次水，感受一下使用大医生的大茶缸子喝水的滋味，但叔叔从来没有发生过这样的疏忽。他与茶缸子形影不离，进手术室给人做手术时都要端进去。这未免有点过分，但还有更过分的呢。我听婶婶说，他每天早晨坐马桶时，都要把沏满开水的茶缸子放在面前的小凳子上，一边出恭，一边进水。这让我感到叔叔身上有大人物的作派。我抹了桌子扫了地，就坐在桌子前吃方便面。我们烧的是亮晶晶的无烟块煤，热量很高，又加上下雪刮北风，火势凶猛，火焰呜呜地响着，很快就把烟囱烧红了半截，水壶里的水也唱起了小曲。我听着火声和水声，透过玻璃，看着窗外纷纷扬扬的大雪和被大雪笼罩着的街道、房屋和河流，心里感到空空荡荡。

我看到一条黑狗夹着尾巴、脊背上驮着雪从街上走过。它走得小心翼翼，好像怕身上的积雪抖落似的。狗走过去，又跑过来一头黑色小毛驴儿。它跑得飞快，一边跑还一边蹦，好像生怕雪花儿停留在身上似的。黑色的小毛驴儿在白色的雪花里闪闪发光，跑到窗外时，它停留了一会，原地转了一个圈儿，尥了一个蹄子，好像跟我打了个招呼，然后又向前跑去。我急忙站起来，抓起抹布，擦了几下灰蒙蒙的玻璃，将脸贴上去看小毛驴儿，但是它的身影已经消逝在飞扬的雪花里。我叹了一口气，正要把脸从冰凉的玻璃上摘下来时，看到一个高大健壮的妇女，提着一个柳条篓子从马桑河里走上来。我一眼就认出了她是谁。她是孟寡妇，我的一个女同学的母亲。她家临街住，开了一个饭馆，专门做鱼头火锅，招牌叫“孟鱼头”，于是镇上的人不叫她孟寡妇而叫她孟鱼头了。于是我们把她的女儿也叫孟鱼头了。小孟鱼头的身材像她母亲一样高大但比她母亲苗条得多，她生着一张娇艳的嘴，嘴唇丰满，两只嘴角微微上翘，看起来好像很骄傲，也好像很调皮。

四

我们就读的那所中学十分保守，制定了五十八条学生守则，不许抽烟啦，不许喝酒啦，不许化妆啦，不许烫头啦，不许穿高跟鞋啦……规矩很多，如果谁敢违反，轻则处分，重则开除。但唯有小孟鱼头敢与校方对着干。那时她妈妈还不叫孟鱼头还叫孟寡妇，那时她还不叫小孟鱼头还叫孟喜喜，孟喜喜头发浅黄，波浪着，披在肩上，有时也用一根鲜艳的手绢扎起来，像一条狐狸尾巴。她的嘴巴略微有点歪斜，双唇鲜艳欲滴，仿佛熟透了的樱桃。她的额头宽阔开朗，像景德镇的瓷器一样光滑明亮。她的双眼长得有些开，眼睛不大，但非常明亮。她的双眉修长，略有些掉梢，非常规整，仿佛是精心修整过的。与班里那些胸脯平坦、嘴唇枯燥、目光呆滞、眉毛凌乱、额头上布满青春痘的女同学相比，孟喜喜实在是太过分了。孟喜喜胸脯高耸——而且分明不戴文胸——眼睛水汪汪的，嘴角翘着，脖子修长，精巧的头颅微微后仰着，穿着不能算高跟但也绝对不能算低跟的皮鞋在校园内的大路上、教学楼内的走廊上，目中无人地走来走去。她的步伐轻捷，鞋跟敲打着水磨石的地面，发出清脆的声响。孟喜喜实在是太过分了呀！年级主任——一个绾着牛粪饼子头、长脸短下巴的女人——在全年级大会上不指名地批评：有的同学——今天就不指名了——实在是不像样子，你自己对着镜子看看，还像个学生吗？！——大家的目光一瞬间都集中到孟喜喜的身上。她的脑袋转来转去，目光左顾右盼，好像在寻找被年级主任不点名批评的那个人——我说的就是你！年级主任几乎是吼叫起来，长脸憋得通红：你以为这是什么地方？这是学校，不是酒吧间！有几位女生幸灾乐祸地低声笑起来，男生们脸上也出现了尴尬的表情。我感到脸上发烧，好像是自己的姐妹被人当众奚落一样。但孟喜喜神色平静，嘴角翘着，脸上洋溢着一团微笑，好像被年级主任点名批评的是一个与她毫无关系的陌生人。

年级会后，孟喜喜依然如故，还是那样昂首挺胸地在校园内、在楼道里走来走去。男生们的目光更多地在她的身上打转。我们原来就愿意看她，年级主任的训话好像把罩在她身上的一层薄纱揭去一样，让我们猛然地醒悟：啊，这个孟喜喜呀，实在是太过分了……

男生们本来就愿意与孟喜喜说话，现在，有更多的男生有事无事地跟孟喜喜搭腔，还有人从家里拿来好吃的东西给她吃。我也偷偷地把家中院子里葡萄架上第一串发紫的葡萄剪下来，用一张报纸包了，拿到学校，课间休息时，趁着她上楼梯的时候，塞到她的怀里，然后我就跃上光滑的楼梯栏杆，像杂技演员一样溜了下去。我窜出楼梯口时，几乎撞到年级主任的怀里。她的脸色紫红，左腮上的肌肉像一条虫子抽动着，我知道这是她暴怒的标志。

我转身跑回教室，离上课还有几分钟时间。同学们正在大声地嚷叫着，蹿跳着，乱成一团。导致这场混乱的是我那串葡萄，准确地说是孟喜喜和我那串葡萄——她劈着腿坐在课桌上，摘下葡萄，一颗颗地往男生堆里投去。偶尔她也往自己嘴里填一颗——她把葡萄粒儿高高地举起来，脑袋往后仰着，脑后的头发几乎垂到课桌上，她的嘴巴大开，让手中的葡萄垂直地落进去——每当她投出一粒葡萄，男生们就一窝蜂地扑上去，好像一群争抢食物的狂热的小狗。我的心里一方面感到酸溜溜的，一方面又感到暗暗得意。酸溜溜的原因是我本想把葡萄给她吃，她却拿来散给同学们；得意是因为毕竟是我把葡萄给了她而她接受了并且还吃了几个，这使我感到我与她的关系比她与其他的男生的关系更近了一点。男生们的喊叫声把上课的电铃声都盖住了，直到年级主任用教鞭猛烈地抽打起讲台，才把大家从狂欢中惊醒。

没等孟喜喜从课桌上下来，年级主任就站在了她的面前。在年级主任冷眼逼视下，孟喜喜满脸通红，低声说：对不起……

年级主任将教鞭插到那半串葡萄的梗杈里，从孟喜喜手里挑起来，像挑着一件世界上最令人厌恶的东西，回到了讲台前。

是谁给她的葡萄？年级主任冷冷地问。我感到她的眼睛像针一样扎脸，便不由自主地低了头。但年级主任点着我的名字把我叫了起来，并要我交代，是谁给了孟喜喜葡萄。正当我要坦白交代时，孟喜喜站起来，冷冷地说：葡萄是他的，但是是我从他的手里夺来的。

这是实情吗？年级主任用嘲弄的口吻说，她竟然能从你的手里夺走一串葡萄。请抬起头来，让大家看看你的脸。我只好抬起头，感到脸像火一样燃烧着。年级主任问：是不是她从你手里夺走了葡萄？

我侧目看了一眼孟喜喜，看到她的眼睛望着正前方的黑板，嘴角翘着，一副满不在乎的样子。我看了一眼年级主任生铁一样的脸，艰难地说：是……

我的声音细得像蚊子嗡嗡一样，连我自己都听不清楚。

年级主任与孟喜喜的矛盾终于大爆发，那是孟寡妇将孟鱼头的招牌挂起来两个月之后的一个早晨。头前几天，年级主任就利用给我们上政治课的时候，攻击随着旅游业的发展镇上大街两边出现的服务业。她认为这些所谓的发廊、饭馆，什么张鱼头李鱼头，其实都是色情行业，用她的话说就是“卖那个”的。大家的目光偷偷地向小孟鱼头望去。她的脸色惨白，但是那上翘的嘴角还是让她的脸上出现了似乎是满不在乎的微笑。

正是上学的时候，学生成群结队。我跟随着孟喜喜走进校园。自从葡萄事件后，我感到心里惭愧，总想找机会对她解释，但每当我站在她的面前时，喉咙就被一团灼热的东西堵住了。而她总是微微一笑，然后扬长而去。

在通往教学楼的道路上，年级主任已经双手扑着腰站在那里了。朝阳把她的脸照耀得红彤彤的，像一朵胖大的鸡冠花。同学们纷纷地往斜刺里走去，谁也不愿意与她迎面相遇，只有孟喜喜昂首挺胸地迎着她走过去。我的脑子里轰然一声，好像燃起了一把火。我突然明白了，年级主任站在那里，就是为了等待孟喜喜。果然，我听到年级主任说：

“孟喜喜，你站住！”

我躲在一棵法国梧桐的粗大树干后，看到孟喜喜在年级主任面前站住了。看不到孟喜喜的脸，只能看到她修长的侧影。她脑后扎了一条红色的手绢，鲜艳夺目，使年级主任的大红脸黯然失色。我听到年级主任低声说了一句什么话，接下来是片刻的宁静。随后便发生了难以预料的事情：孟喜喜的脑袋突然往前一低，把她的额头撞在了年级主任的嘴上。我，包括躲在树干后和趴在楼道玻璃后偷看的同学们，都听到年级主任发出了一声令人心悸的尖叫，然后我们看到她用手捂住了嘴巴。孟喜喜转身往来路走去。她走得不慌不忙，好像身后发生的事情与她没有一点关系。从此后，她再也没有回到学校。校方宣布，孟喜喜是因为作风不正被开除的，而我们认为是她自己退了学，退得非常潇洒，简直像一个打了胜仗凯旋而归的将军。

退了学的孟喜喜与母亲合力把孟鱼头经营得轰轰烈烈，我经常看到她身穿红色旗袍，站在店门口招徕顾客的样子。每当我看到她明媚的笑脸，心中就阵阵刺痛，仿佛被尖锐的东西扎了。她离开学校以后，年级主任在神圣的课堂上，用与她的身份完全不相符的下流语言，污蔑孟喜喜，说她干上了“那一行”。看到她穿着开衩到了大腿的旗袍，化着浓妆，站在店门前，对客人卖弄风情的样子，我就想起了年级主任的那些脏话。

五

孟寡妇提着篓子走上了大街，渐渐地靠近了我叔叔的管氏大医院的门口。在雪花的间隙里，我看到她那两条裸露着半截的胳膊冻得通红，在白雪的映衬下显得格外醒目。她胸前戴着一块黄雨布缝制的遮襟，遮襟上沾满鱼鳞。柳条篓子里盛着几十只胖大的鱼头，鱼头泛着耀眼的银光。隔着玻璃我就闻到了鱼头的腥气。在我跟随着几个小流氓吃喝玩乐的那些日子里，曾经有好几次去吃孟鱼头的机会，但每当我远远地看到孟喜喜俏丽的身影，心中就痛苦万端。看到我那些狐朋狗友与孟喜喜动手动脚而孟喜喜并不恼怒时，我就难以自持地落荒而逃。而过后，我总是要找茬与那些小子们打架，尽管他们手下留了情，但我还是被他们揍得鼻青脸肿。有一次我用薄荷的叶子堵住被他们打破的鼻孔从河边往回走，正好与她相遇。她手里撑着一把明黄色的遮阳伞，上穿一件薄如蝉翼的小衫，下穿一条超短的皮裙，手上涂着红指甲，脚上也涂着红指甲，手腕上戴着金手链，脚脖子上戴着金脚链，完全是一副“卖那个”的模样了。没有变的是她上翘的嘴角和嘲弄人的笑容。她将小伞扛在肩上，微微一笑，露出似乎更加晶莹了的牙齿，说：你怎么成了这么一副模样？我对着她脚前的土地啐了一口，转身就走了。我凭感觉知道她站在那里看着我，但是我没有回头，我的眼睛里莫名其妙地流出了泪水……

现在，孟鱼头走了过来。篓子里的鱼头很重，坠得她的身体往一边倾斜着；每走一步，鱼篓就与她身上的结了冰的遮襟摩擦，发出嚓啦嚓啦的响声。这时，我想起了父亲的话。当父亲听到人们对这对发了财的母女说三道四时，就说：嘴上积点德吧，寡母孤女，撑着这么大个门面，其实不容易。她们发了财你们不高兴，难道她们娘俩拄着打狗棍子讨口吃，你们就高兴了吗？我知道父亲的话非常对，但是一想到她那副风流样子，我的心中就升腾起一股邪火。我经常拧着自己的大腿骂自己：她是你的老婆吗？她是你的姐妹吗？她一不是你的老婆，二不是你的姐妹，你有什么资格去管她的事？

自从进叔叔的医院当了学徒后，我渐渐地把她放下了。她母亲的出现让我想起了许多往事，但我只是感到一种淡淡的忧伤，没有了那种痛不欲生的感觉。我已经很长时间没有看见过孟喜喜，也很长时间没有想起她了。我确凿地认为她已经干上那行了，尽管她干上了那行也不能说她下贱——这几年镇上干那行的越来越多，有本地的女人，但更多的是从外地来的。她们给镇上带来了滚滚的财源，镇上人也表示了很大的宽容——但她毕竟是一个那样的人了。看着她的母亲在飞雪中艰难行进的背影，我自己问我自己：你说，孟喜喜这会儿在干什么呢？

六

当孟喜喜从她的母亲方才走去的方向款款而来时，我感觉到了神秘现象的存在。首先是她的母亲在不该出现的地方出现了——孟鱼头饭馆离叔叔的大医院很远，孟鱼头也从来没在医院前面的河水中洗过鱼头——接下来是我在想着孟喜喜的时候孟喜喜就来了。一顶明黄色的、在白雪中犹如花朵一样的雨伞往医院的方向移动。刚开始时我还以为出现在飞雪中的是一个幻影，但随着她的逼近，我看清了雨伞下那高挑的身材。在我们这个镇子上，本地的女人，加上那些从外地引进的女人，谁也没有孟喜喜这样的身材。她的脚步其实很急，但因为她的极其优越的身体条件，使她无论怎样匆匆奔走，都让人感到高贵优雅。我不能确定她要到哪里去。镇子东头新开张了一座温泉宾馆，听前来看病的人说那里非常的那个，许多外省的大款都专程前来销魂，难道她要去那里做那些大款们的生意吗？我的心隐隐地痛起来。

孟喜喜越来越近，她的五官已经被我看得十分清楚，我知道转眼间她就会从医院的门前一闪而过，我也知道当我望着她的背影在飞雪中渐渐模糊时我的心会更加痛苦，我知道什么事情都可能发生，唯一不会发生的就是她会敲敲医院的门，然后推门而入，但是我竟然满怀希望地祈祷着、期待着。我还知道在她即将从医院门前走过时，我会丧失理智冲出去拦住她的去路，不让她到温泉宾馆里去。我也想到了，她很可能用她一贯的嘲讽口吻说：你是我的什么人？是我的丈夫吗？是我的情人吗？我是要到那里去“卖那个”，你管得着吗？你如果有钱，我也可以卖给你，看在我们老同学的面子上，我可以给你八折优惠！我想象到如果出现了这样的局面，我就会蹲在地上，用力撕扯着自己的头发，嘴巴里发出疯狗一样的叫声。等到她高傲的身影在风雪中渐渐模糊时，我就会趴在雪地上，让肮脏的脸贴在圣洁的雪上，让飘摇而下的雪花把我埋葬。我还想象到，等她从温泉宾馆卖完了回来时，大雪已经把我彻底覆盖，就着我的身型在大街上出现了一道小小的丘陵，宛如一座修长的坟墓。她站在我的墓前，脸色惨白，犹如一尊大理石的雕像……

就在我被自己想象出来的情景感动得热泪盈眶的时候，她已经来到了医院的门口。过了一秒钟，过了两秒钟，过了三秒钟，过了三秒钟她的身影还没有在我的窗前出现，天哪，这说明她已经站在了医院的门前！我把脸紧紧地贴在玻璃上，让视线几乎成了零角度往门口望去，真的看到她站在门前，而且是面向着门，不是为了躲避风雪在门前停留。我看到她举起手，停了片刻，一副若有所思的样子，随即我就听到了轻轻的敲门声。

我跳过去，猛地拉开门，她明媚的脸像一记重拳击打在我的心窝，使我眩晕，令我窒息，使我眼睛里突然地涌出了泪水。一股清新的寒气挟带着雪花扑进屋子，寒气里还挟带着一股若有若无的幽香，我知道这是她使用的香水的气味。她在学校里念书时就开始使用香水，我记得有一次她和一个疯狂地追随着她的女生在前面走，我在后边十几步远的距离跟随着。我听到她大声地对那个女生说：香水是女人的内衣！那时候我的座位与她的座位隔着两张桌子，隔着两张桌子我就嗅到了她的气味。她的气味在五十个学生制造出来的浑浊气息中若有若无地漂浮着，令我的心思犹如一只追逐花香的蝴蝶……现在，她客气地对着我点点头，柔声问我：

“管大夫在吗？”

“不在……”我感到自己的牙齿在打战，嘴唇好像冻僵了。看到她的脸上浮现出一丝失望的表情，我急忙补充道：“我叔叔马上就会来，他是很敬业的，他不会不来的，他肯定会来的，上次下冰雹他顶着小铁锅都来了……”

她微微一笑，收拢雨伞，跺了几下脚，闪身进了门。她将雨伞竖在门后，脱下身上的黑色羊绒大衣对着门外抖了几下，然后，顺手把门关上了。清冷的世界被门板隔在了外边，炉火熊熊的屋子里只有我们两个人。我已经将对她的种种不满抛到脑后，心里剩下的只有甜蜜、幸福和激动。她将珍贵的羊绒大衣搭在自己的臂弯里，眼睛四处张望着，好像要寻找挂衣服的地方。可惜我们这里没有挂衣服的地方，叔叔和婶婶的衣服都是随手搭在椅子背上或是扔在诊断床上。我急忙将叔叔平时坐的、有一个灰突突坐垫的椅子搬到她的面前，她却已经在病人坐的小方凳上坐了下来，那件羊绒大衣就顺便放在了膝盖上。现在我才看清，她穿着一件几乎拖到脚面的白色长裙，裙子的面料很好，看上去十分光滑，也许是丝绸也许是别的东西。从裙裾下露出她的藏在白色羊皮鞋子里的脚，我的眼前出现了夏天看到过的她的涂了指甲油的脚趾的模样。她的头上紧绷绷地蒙着一条很大的白色绸巾，更突出了她光滑的额头，使她的样子有点像我在俄国小说插图里见到过的少妇形象。但是她很快就将双手伸到脑后，解开了围巾，她说：

“你们这里真暖和啊。”

我实在不知道该对她说什么，也不知道该为她干点什么，她的话正好提醒了我。我提起铁皮壶，抄起煤铲，往白亮耀眼的炉膛里填了几铲煤。然后我又弯着腰，用炉钩子捅着炉底。炉膛里的火哑了片刻，突然地轰响起来。我听到她在我的身后说："你学得怎么样了？该出师了吧？"

我用炉钩子在地面上画着道道，不好意思地说："哪里……什么也没学着……你知道的，我很笨……"

我听到她哧哧地笑起来，但是这略微沙哑的笑声马上就停止了。这不是她的风格，她笑起来向来是响亮的没完没了的，像初次下蛋后急于向主人表功的小母鸡。我抬起头，看到她将羊绒大衣和围巾紧紧地按在肚子上，好像生怕被人抢走似的。她的脸色惨白，额头上布满汗珠。我急忙问：

"你怎么啦？病了吗？"

"没什么事……"

"你等着，我这就去叫我叔叔！"

我冲出门口，在大街上撒腿奔跑，刚跑出几十步就与叔叔和婶婶相遇。我喘着粗气说：

"叔叔，快点吧……"

"怎么啦？"叔叔厌烦地问。

“有病人。”

叔叔哼了一声。

“是谁？”婶婶问。

“孟喜喜……”我有点不好意思地说。

叔叔瞪了我一眼，又哼了一声，道：“她能有什么病！”

“性病！”婶婶冷冷地说。

叔叔没打伞，戴着一顶黑帽子。雪花积在他的头上，好像在黑帽子上又摞上了一顶白帽子。婶婶撑着一柄已经很少见到的油纸伞，跟随在叔叔的身后。

到了医院门前，我抢先几步，拉开门，让叔叔和婶婶进去。孟喜喜抱着大衣和围巾站起来，叫了一声管大夫。叔叔哼了一声，根本不看她，婶婶的眼睛却上上下下地打量着她，好像一个刻薄的婆婆要从儿媳的身上挑出点毛病来。我听到婶婶阴阳怪气地说：

“原来是孟小姐，您可是稀客！怎么了，哪里不舒坦？别站着，请坐，请坐。”

孟喜喜坐回到方凳上，脸上浮现出尴尬的表情。我看到她的脸色更加难看了，额头上还在冒汗，原来一贯地翘着的嘴角也往下耷拉了，沿着她的嘴角出现了两条深刻的纹路，一直延伸到下巴上。

叔叔站在门口，用那顶黑帽子啪啪地抽打着身上的雪。抽完了雪，又点上一支烟，慢条斯理地抽起来。我心中焦急，但叔叔一点也不急。婶婶脱去外衣，装模作样地换上了白大褂，然后走到水龙头前去刷她的杯子。壶里的水开了，哨子吱吱地叫着，蒸汽强劲地上升。我慌忙地将开水灌进暖瓶里，水溅到炉子上，发出嗞啦啦的响声。我说："叔叔，水开了，您泡茶吧。"

叔叔将烟头猛嘬了几口，扬手将烟屁股扔到雪地里。我看到烟屁股里冒出了一缕青烟，然后就熄灭了。叔叔咳嗽着，从他的黑皮包里摸出了他的大茶缸子，然后又打开抽屉拿出他的茶叶桶，将茶叶倒在手心里，掂量了一下，扣到茶缸子里。我早就提着暖瓶在他的身边等待着了，等他刚把茶叶扣进缸子里，开水就紧跟着冲了进去。

叔叔诧异地看了我一眼，若有所悟地点点头。他扯过白大褂披在身上，把墨水瓶和处方笺往眼前拉拉，低着眼睛问：

"哪里不好？"

孟喜喜移动了一下凳子，身体转动了一下，与叔叔对面相坐，嘴唇颤了颤，刚想说话，就听到门外传来一阵哭叫："管大夫管大夫，救救俺的娘吧……"

随着哭叫声，门被响亮地撞开了。一个身穿黑衣的肥胖妇女，像一发呼啸的炮弹冲进来。我一眼就认出了来人是卖油条的孙七姑，她的油光闪闪的棉袄上散发出刺鼻的油腥气。

叔叔拍了一下桌子，厌烦地说："你嚎叫什么？你娘怎么啦？"

"俺娘不中啦……"孙七姑压低了嗓门说。

"怎么个不中法？"

"呕，吐，肚子痛，发昏，"孙七姑的嗓门又提高了，喊，"俺那两个兄弟，就像木头人一样，俺娘这个样子了，可他们不管也不问。"

"抬来吧，"叔叔说，"我可是从来不出诊的。"

"就来了，"孙七姑说，"我头前跑来，先给您报个信儿。"

这时，从大街上传来一个女人夸张的尖叫声："痛死啦……亲娘啊……痛死啦……"

孙七姑的弟弟孙大和孙二，用一扇门板将他们的母亲抬到了医院门前，放在了雪地上。他们的母亲，一个瘦长的、与她的女儿形成了鲜明对照的、花白头发的女人，在门板上不断地将身体折起来，然后又猛地倒下去。她的两个儿子，将手抄在棉袄的袖筒里，目光茫然，果然像木头一样。叔叔恼怒地说：

“什么东西！抬进来啊，放在外边晾着，难道还怕臭了吗？”

孙大和孙二将门板抬起来，别别扭扭地想往门里挤。叔叔说：

“放下门板，抬人！”

兄弟两个一个抱腿，一个抱头，终于把他们的母亲抬到了诊断床上。叔叔喝了几口茶水，搓搓手，上前给她诊断。老女人喊叫着：

“痛死了，痛死了，老头子啊，你显现神灵，把我叫了去吧……”

叔叔说：“死不了，你这样的，阎王爷怎么敢收！”

叔叔用手摸摸老女人乌黑的肚皮，说：“化脓性阑尾炎。”

“还有治吗？”孙七姑焦急地问。

“开一刀，切去就好了。”叔叔轻描淡写地说。

“要多少钱……”孙大磕磕巴巴地问。

“五百。”叔叔说。

“五百……”孙二嘬着牙花子说。

“治不治？”叔叔说，“不治赶快抬走。”

“治治治，”孙七姑连珠炮般地说，“管大夫，开吧，钱好说，他们不认我认着，”她狠狠地瞪着两个弟弟，说，“不就一个娘吗？钱花了还能挣，娘没了就找不回来了。”

叔叔瞥了婶婶一眼，说：“准备器械。”

婶婶用肥皂洗着手说：“这样的手术，到了市医院，少说也要你们三千元！”

叔叔咕咕嘟嘟地灌下半缸子水，对孟喜喜点点头，然后就走到水龙前放水洗手。我看到孟喜喜的嘴角动了动，似乎想说什么，但终究什么也没说。

七

手术室里先是传出了孙老太太杀猪般的嚎叫声，一会儿就无声无息了。只有刀剪碰撞瓷盘的清脆声音间或响起，说明手术正在紧张进行。孙家兄弟蹲在炉子前，一支接一支地抽着辛辣刺鼻的旱烟，还不停地将焦黄的粘痰吐到眼前的地面上。吐下了，就用他们的像熊掌一样的大脚搓搓。他们的头上都冒出了热汗，于是就把棉衣解开，袒露着胸膛，一股热烘烘、油腻腻的山林野兽的气息洋溢在房间里，把孟喜喜身上的暗香逼到墙角，好像几根游丝在风中颤抖。

孙七姑一会儿侧着身，将耳朵贴在门板上听动静，一会儿弯腰撅屁股，把脸堵到门缝上看光景。听一会儿，看一会儿，就在房间里转来转去。一边走动着，一边唠叨着，她的两个弟弟埋头抽烟，一声不吭。

房间里憋闷难熬，像一个想象中的兽洞。孟喜喜脸上的汗珠子成串滚下，表情十分痛苦，但她的身体还保持着正直，只是那两只手在不停地动着，一会儿紧紧地攥住大衣和围巾，一会儿又松开。我关切地问她："你痛吗？"

她先是点头，紧接着又摇头。我看到她的眼睛里溢着泪水，我的眼睛随即也潮湿了。我听到她用颤抖的声音说："求你了……把门开开……"

我拉开门，雪花和寒风扑进来。

她大张开口，像出水的鱼一样贪婪地呼吸着。

"冻死了，冻死了……"孙七姑叨叨着。

"你出去！"我恼怒地说，"你们都出去！"

孙七姑低声嘟哝了几句，老老实实地坐在凳子上，不吭气了。

我把自己泡方便面的碗放在水龙头下冲了冲，倒了半碗开水，端到孟喜喜面前，说："喝点水吧。"

她摇摇头，痛苦的脸上挤出一个扭曲的微笑，低声说："谢谢。"

现在轮到我一会儿把耳朵贴到门板上听动静，一会儿把脸堵到门缝上看光景了。我心急如火，盼望着叔叔赶快把孙老太太的手术做完，好给令我心疼的孟喜喜看病。我从门缝里只能看到叔叔的背影，和婶婶麻木的脸。叔叔似乎一动也不动，婶婶像个僵硬的木偶。

手术终于做完了。叔叔站在手术室门口，摘下血迹斑斑的手套，准确地扔到水池子里。

婶婶也走出来，不耐烦地对孙家姐弟说："抬走抬走，下午把钱送过来。"

八

后来我想，真是天命难违——当孙七姑姐弟们终于把她们还因麻药昏迷着的母亲抬出诊所，叔叔换完了衣服洗完了手坐在椅子上吸足了烟喝饱了水要为孟喜喜看病的时候，一个莽汉像没头苍蝇一样破门而入。他双手捂着脸，鲜血从指缝里流出来。从他身上散发出一股刺鼻的硝烟气息，使他很像一个刚从战场上撤下来的伤兵。

"救救我吧，管大夫。"他凄惨地喊叫着。

“怎么啦？”叔叔问。

那人将双手移开，显出了血肉模糊的脸和一只悬挂在眼眶外边的眼球。紧接着他就把脸捂住，好像怕羞似的。尽管他已经面目全非，但我还是一眼就认出了他是镇子西头的烟花爆竹专业户马奎。他哭咧咧地说：

“倒霉透了，想趁着下雪天实验连珠炮，想不到还是炸了……”

“活该！”叔叔狠狠地说，“我听到鞭炮声就烦——怎么不把你的头炸去？！”

“救救我吧……”马奎哀号着说，“我家里还有一个八十岁的老娘……”

“这与你的老娘有什么关系？”叔叔骂骂咧咧地说着，但还是手脚麻利地站起来，到水龙头那里去洗手。

婶婶把马奎扶进了手术室。叔叔提着两只水淋淋的手也随后跟了进去。叔叔把孟喜喜放下去给孙七姑的母亲做手术时还含义模糊地对着她点点头，现在，他连头也不点就把她放下了。

我心中涌动着对叔叔的强烈不满，我觉得叔叔是故意地冷落孟喜喜，因为他向来是个干活利索的人，凭着他的技术和经验，他完全可以在这两个手术的间隙里给孟喜喜做出诊断或是治疗。

孟喜喜大概是看出了我的不满，当我满怀着同情和歉疚看她时，她对着我摇摇头，似乎是在劝解我，或者是在告诉我她对叔叔的行为表示充分的理解，而她自己并不要紧。我换了一碗热水让她喝，她摇摇头。我劝她到诊断床上去躺躺，她还是摇摇头。这也好，如果让像冰雪一样洁白的她躺在那张肮脏的诊断床上，别说是她，连我也会感到难受。

手术室里不断地传出马奎的喊叫声和叔叔的呵斥声。我看了一下桌子上落满灰尘的闹钟，时间已经接近十二点，往常的日子里，现在正是我去街边的小饭店拿盒饭的时候，往常的这时候也是我饥肠辘辘的时候，但是今天我肚子里仿佛塞了一把乱草，一点饿的感觉也没有。但这毕竟是一个话题，我问她："你饿吗？我去拿个盒饭给你吃？"

她还是轻轻地摇头。我看到，她的脸上已经没有了汗水，脸色白里透出黄，嘴唇白里泛着青，连她那双清澈透明的眼睛，也蒙上了一层灰色的雾。在我的记忆里，她永远都是生龙活虎、神采飞扬，她的所有动作都是那样的果断、夸张，她说话的声音永远都是那样的清脆嘹亮，她的笑声永远都是那样的肆无忌惮，如果她在你的身边大笑，会震荡得你的耳膜很不舒服……但是她现在是这样的噤若寒蝉，是这样无声地、凄凉地微笑，是这样轻轻地摇头，而这距离我对着她面前的土地啐唾沫还不到半年的时间。

门外的大雪不知什么时候停止了，风力也减弱了许多。一缕阳光从厚重的灰云中射出来，使积雪反射出刺目的白光，我们的房间里顿时一片明亮。我对她说：“雪停了，太阳出来了。”

她没有点头也没有摇头，更没有用声音来回应我的话。我突然发现，仿佛就在适才的一瞬间里，她的脸变得像冰一样透明了。她的上眼皮也低垂下来，长长的睫毛几乎触到了眼下的皮肤上。我的心猛地一沉，不由自主地大声喊出了她的名字：“喜喜！”

她丝毫没有反应。我扑上去，拍了拍她的肩头。她似乎发出了一声悠长的叹息，脑袋便突然地歪向一边。

“叔叔！”我撞开了手术室的门，大声吼叫着，“叔叔！”

叔叔停下正在给马奎缠绕纱布的手，恼怒地问：“吼什么？！”

“孟喜喜她……大概是死了……”我的咽喉哽塞，眼泪夺眶而出。

叔叔以少见的迅捷蹿出来，跪在孟喜喜面前，试了一下她的鼻息，摸了一把她的脉搏，然后扒开她的眼睑。

她的瞳孔已经散了。

叔叔给她注射了大剂量的强心药物，叔叔用空心拳头猛击她的心脏部位，叔叔撕下灯头，用电线触击她的心脏——叔叔汗流浃背，沮丧地站起来。

婶婶紧张地说："我们没有任何责任。"

叔叔瞅了婶婶一眼，低沉地说："你他妈的闭嘴！"

（二〇〇〇年）

图书在版编目(CIP)数据

长安大道上的骑驴美人/莫言著.—杭州：浙江文艺出版社,2019.4

ISBN 978-7-5339-5559-5

Ⅰ.①长… Ⅱ.①莫… Ⅲ.①短篇小说-小说集-中国-当代 Ⅳ.①I247.7

中国版本图书馆 CIP 数据核字(2019)第 002495 号

策划统筹 曹元勇
责任编辑 李 灿
特约编辑 庄馨丽
封面设计 人马艺术设计·储平
责任印制 吴春娟

长安大道上的骑驴美人
莫言 著

出版 浙江文艺出版社
地址 杭州市体育场路 347 号 邮编：310006
网址 www.zjwycbs.cn
经销 浙江省新华书店集团有限公司
印刷 上海中华商务联合印刷有限公司
开本 787 毫米×1092 毫米 1/32
字数 127 千
印张 7.875
插页 4
版次 2019 年 4 月第 1 版 2019 年 4 月第 1 次印刷
书号 ISBN 978-7-5339-5559-5
定价 45.00 元